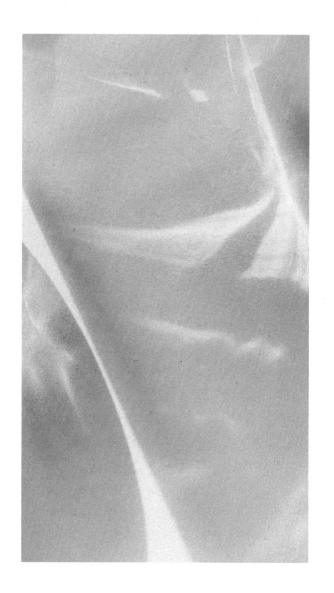

이를테면————사랑

우 리 를

살 아 가 게

만 드 는

작 은

조 각 들

윤성용 에세이

이를테면 ──── 사랑

mellite

이 책은 2021년에 독립출판한 《인생의 계절》을 새롭게
매만진 것이다. 《인생의 계절》은 생애 처음으로 나의
이야기를 쓰기 시작한 시기의 글을 모아서 낸 책이었
다. 그때 나는 혼란하고 불안한 시기의 막바지를 지나
고 있었다. 나에 대한 확신도 없었고 미래도 잘 보이지
않았다. 어린 시절의 아픔이 여전히 나를 붙잡는 것처
럼 느껴졌다. 내가 이토록 힘들어야만 하는 이유를 무
엇이든 찾아야 했다. 그래야 내게 주어진 고통을 납득
할 수 있을 것 같았다. 그게 글을 쓴 계기였다.

시간이 지난 후 다시 책을 읽어보았는데 몇 년 전에 쓴
일기장을 들춰보는 기분이었다. 부끄러웠다. 마치 길에
서 넘어져 생채기가 난 무릎을 붙잡고 엉엉 울고 있는
내 모습을 보는 것 같았다. 지금 보면 별일 아닌 것도 그

때는 아프게 다가왔다. 한편으로는 부러웠다. 이제는 내가 쓸 수 없는 글이었다. 이 정도의 감수성이나 예민함은 지금 내게 남아 있지 않다.

책이 나온 지 꽤 오랜 시간이 지났고 결국 절판되었는데도 여전히 이 책을 찾는 독자들이 있다고 했다. 이토록 어설픈 글들도 누군가에게는 도움이 되겠다는 생각이 들었다. 나도 그랬다. 나와 같은 사람이 어딘가에 또 있다는 사실이 위로가 되었다. 그 작은 위로들을 모아서 지금껏 버틸 수 있었다. 뉴스레터 xyzorba 구독자들도 늘 따뜻한 응원을 보내주었다. 그래서 다시 글과 생각을 다듬어보고 싶었다.

이전에 낸 《인생의 계절》에서는 짧은 에세이들을 감정에 따라 분류했다. 첫 책을 내는 작가가 선택할 수 있는 가장 단순한 방식이었다. 이번에는 사랑과 다정함을 배워가는 과정이 조금 더 드러나도록 구성했다. 실제로 《인생의 계절》과 《이를테면, 사랑》 사이의 시간 동안 나는 다른 방식의 사랑과 나를 살게 하는 다정함을 배웠고 지금도 배워가고 있기 때문이다. 그에 따라 몇몇 글을 빼고 또 새로운 글들을 추가했다. 그러니까 이전의 책은 여러 글들의 물리적인 결합이었다면, 이번 책은 화학적인 결합인 셈이다. 만약 이전의 책과 다르게 느껴진다면, 그것은 온전히 편집의 힘이다.

솔직한 심정을 말하자면, 《이를테면, 사랑》이라는 새로운 제목을 제안 받았을 때 무척 쑥스러웠다. 내게는 '사랑'을 소리 내어 말하는 것이 여전히 어색하다. 때때로 '사랑'이라는 단어를 제대로 발음하기도 어렵다. 그 단어를 발음할 때는 꼭 보이지 않는 힘이 내 입술을 오므려서 작은 목소리로 웅얼거리게 된다.

그럼에도 이 제목이 마음에 들었던 이유는, 은연중에 드러나는 질문 때문이다. '이를테면'은 '예를 들면' 혹은 '가령 말하자면'이라는 의미다. 그러니까 '이를테면'은 누군가에게 이해하기 쉽게 설명할 때 쓰는 단어다. '이를테면, 사랑'이라고 설명하기 위해서는 과연 어떤 질문을 받아야 하는 것일까. 그런 궁금증을 불러일으킨다는 점에서 이 제목에 마음이 끌렸다.

지금껏 당신을 살아가게 만든 것은 무엇인가요? 가장 힘든 시기에 손을 내밀어준 것은 무엇이었나요? 한없이 차갑고 어두웠던 당신을 밝은 곳으로 이끌어준 것은 무엇인가요? 그때의 나와 지금의 나는 어떤 점에서 다른가요? 이토록 많은 좌절과 아픔에서 배울 수 있는 것은 무엇인가요?

《이를테면, 사랑》은 이런 질문에 대한 나의 대답이다.

2024년 여름에,

윤성용

차례

2

잃은 만큼

채 워 진 다

3

인생의 불완전함을
연습하며

4

그 모든 순간이 모여

삶은 빛난다

나를

살 게

만 드 는

다 정 함

I

편지를
쓰는
마음

나는 당신을 만나면서 다시 편지를 쓰기 시작했다. 당
신은 편지를 좋아했다. 아이처럼 좋아했다. 왜 같은 말
인데도 글이나 편지로 받을 때 특히 기분 좋아하는 건
지 나로서는 미처 알 수 없었다. 당신을 기분 좋게 만든
것이 나의 글이었는지 아니면 정갈한 편지지와 봉투였
는지. 그것도 아니면 한 글자씩 써 내려간 시간이었는
지도 알 수 없었다.

나는 언제나 편지지를 지니고 다녔다. 당신을 기다리는
동안이나 기념일이나 또는 화해를 해야 할 때마다 편지
를 썼다. 당신은 어떤 일이든 간에 나의 편지를 받으면
마음이 풀어졌다. 나는 언제나 진심을 담은 편지를 썼
다. 손으로는 거짓말을 적지 못하기 때문이다.

아무리 정성으로 써봐도, 당신 앞에만 서면 보잘것없고 부끄러운 내용이 되어버렸다. 평소에는 가려져 있던 마음을 꺼내어 보여준 것에 의의를 두면서 민망함을 애써 감추고는 했다. 그래도 한 줄 한 줄 읽어 내려가는 당신의 눈동자와 미묘하게 움직이는 입꼬리와 붉게 변해가는 얼굴을 지켜보는 일은 항상 즐거웠다.

때로는 마음을 전하기 위해 쓰는 것이 아니라 쓰려고 하니 마음이 생기는 순간도 있었다. 그럴 때면 나는 편지를 쓰길 잘했다는 생각이 들었다. 미처 발견하지 못하고 사라졌을 마음이 반가웠다. 그것을 곧 당신과 나눌 수 있다는 사실이 기뻤다. 나는 늘 그런 마음으로 편지를 썼다.

그
밤 의
한 강 공 원

그 밤의 한강공원을 기억하나요. 여름밤에 맞는 강바람
은 참으로 상쾌했습니다. 다리를 건너며 함께 불렀던
노래를 기억하나요. 우리가 부른 노래는 〈문 리버(Moon
River)〉였습니다. 가사를 잘 몰라서 얼버무리다가도 후
렴구만은 둘 다 자신 있게 불렀습니다. 길옆으로 차들
이 쌩쌩 달리고 있어서 우리는 부끄러움을 잊고 더 크
게 노래를 부를 수 있었습니다.

공원으로 가는 길, 우리 앞에 젊은 남녀가 걷고 있었습
니다. 우리는 작게 소곤거립니다.
"커플인가 봐."
"아냐, 둘이 손도 안 잡았는데?"
"그런데 손이 거의 닿을락 말락 해."
"아마 공원에 가서 고백하려나 봐."

나는 그럴 리 없다며 당신의 말을 웃어넘깁니다. 우리는 아무것도 걸지 않은 내기를 합니다. 그들은 결국 공원으로 가지 않았습니다. 나는 내기에서 이겼지만 한편으로는 아쉬운 마음이었습니다.

우리는 시간이 가는 줄도 모르고 산책했습니다. 밤이되자 공원이 곧 닫힌다는 방송이 들립니다. 그런데도우리는 여유롭게 거닐었습니다. 나뭇잎 흔들리는 소리가 시원하게 쏟아졌고, 개구리 우는 소리가 상쾌하게울렸습니다. 그 소리들은 마치 내 귀로 들어와서 촉각으로, 시각으로, 후각으로 발산하는 듯했습니다. 구석에숨어 있는 새끼 고양이를 제외하면, 자정의 공원에는오직 우리 둘뿐이었습니다.

"저기 야경 좀 봐."
"너무 좋다."
"저기 불 켜진 건물들은 뭘까."
"아직도 일하고 있나 봐."
"저 사람들은 모르겠지?"
"뭘?"

"자신들이 이렇게 멋진 야경으로 보인다는 걸?"

"아마 모르겠지."

우리는 쿡쿡 소리를 내며 웃었습니다. 달은 구름에 가려서 마치 손톱으로 긁어낸 자국 같았습니다. 이윽고 공원의 모든 조명이 꺼졌습니다. 우리는 어둠 속에서 서로의 손을 꼭 잡았습니다.

그때의 나는 생각했습니다. 이 사람과 텅 빈 한강공원을 걷고 개구리 울음소리를 듣고 실속 없는 내기를 하고 함께 〈문 리버〉를 부르는 날이 또 있었으면 좋겠다고. 그것은 은행에서 대출이 나오지 않는다거나 5평짜리 반지하 원룸에서 살고 있다는 사실과는 별개의, 그러니까 전혀 다른 세계로부터 떠오르는 감정이었습니다.

우리가 함께 있을 때는, 아무것도 아닌 일도 사건이 되었습니다. 우리가 함께 보았던 풍경은 문득 나에게 무엇이 중요한지를 고민하게 했습니다. 우리를 둘러싼 공기는 "당신은 잘하고 있어", "다른 건 중요하지 않아"라고 속삭이는 듯했습니다. 어느 책의 문장처럼 우리는 매일매일 조금씩 사라져가고 있지만, 이런 하루라면 기

꺼이 사라져도 괜찮겠다는 마음이었습니다. 그런 점에
서 나는 꽤 운이 좋은 사람이라고 생각합니다. 당신도
그렇게 생각하는지는 모르겠지만.

내 가
아 는
다 정 함

요즘 나를 살게 만드는 것들 중 8할은 다정함일 텐데, 막상 나는 다정함에 인색해지는 것 같아 부끄럽다. 다정함은 언제나 반갑고 부러운 것. 내게는 아직 어려운 것.

당신은 누군가의 자고 있는 얼굴을 가만히 지켜본 적이 있는가. 그렇다면 그 누군가는 당신이 사랑하는 사람일 것이 분명하다. 무엇에 비견해도 질리지 않는 그 신비로움은 당신이 사랑할 때만 비로소 느낄 수 있는 감각이다. 그것은 숲 가운데서 바람에 흔들리는 잎사귀를 바라보는 것과 같다. 그것은 드넓은 바다에서 일렁이는 달빛을 발견하는 것과 같다. 당신이 주의를 기울일 수 있는 대상이 있다는 건 사랑할 수 있다는 말과 같다.

당신의 숨소리를 닮고 싶고, 당신이 길 잃은 세계 속에도 내가 있기를 바라지만 결국에 우리는 하나가 될 수 없다는 사실을 아프게 깨닫는다. 하나이고픈 마음이 사랑인데, 그것은 오직 둘일 때만 가능한 것이므로 세상은 아이러니로 움직인다.

당신의 꼭 감은 눈을 사랑한다. 잠결에도 나를 끌어안는 당신의 팔을 사랑한다. 살결이 맞닿아 있을 때 느껴지는 우리의 온도 차를 사랑한다. 나와 함께 있을 때만 행복하다고 말하는 당신을 사랑한다.

서로 다른 존재를 함께 살아가게 만드는 것에는 어떤 힘이 있어야 하므로, 우리는 그것을 사랑이라고 부르기로 한다. 그것은 내가 아는 유일한 다정함이다.

기 다 림 의
계 절

가을이 오면 익숙한 도시도 다른 세상처럼 느껴졌다.
매일 걷는 산책로도, 지하철 창가 너머로 보이는 양화
대교도, 길을 지나는 사람들도, 10월의 햇살 아래에서
는 모두가 낯설고 생경했다. 구름을 처음 보는 아이처럼
이 세계를, 이 시대를 자꾸만 바라보았다. 오늘의 햇살
을 만나기 위해 나는 지난 1년을 그토록 살아왔나 보다.

오후에는 여행 중에 J와 주고받은 편지들을 찾아 읽었
다. 내가 보낸 편지에는 꼭 '그립다'는 단어가 적혀 있었
다. 그 말이 반가웠다. 나는 그렇게 우리가 서로 그리워
했던 시간이 있었음을 다시금 발견했다. 기다림이 나의
일상이 되었을 때, 나는 우리가 함께하고 있음을 비로
소 알았다. '빈자리'라는 단어를 조금씩 이해하게 되었
을 쯤이었다.

기다림은 한 시간을 열 시간으로 만든다. 기다림은 사람을 행복하고도 무력하게 만들며, 시간이라는 보이지 않는 흐름을 드러낸다. 기다림을 모두 모으면 그 거리는 얼마나 될 것인가. 그 거리만큼 다시 걷게 된다면 과연 나는 어떤 마음을 갖게 될까. 나는 그런 엉뚱한 상상을 한 적이 있었다. 그렇기에 모든 기다림은 부디 아름다워야 한다고 생각했던 시절도 내게 있었다.

떠나기도 전에 그리워지는 가을이 왔다. 무화과는 부드럽게 익어가고 바람은 쓸쓸하게 스치며, 무엇보다도 습기 없이 바스락거리는 햇볕에 세상은 새로운 면을 내게 보여준다. 마냥 천진하지도, 너무 절망하지도 않는 계절. 이런 계절이라면 다음 1년도 기꺼운 마음으로 기다릴 수 있겠다.

서 투 른
사 랑

어떤 단어는 읽기만 해도 마음이 벅찼다. '해로하다' 같은 단어가 그랬다. 평생을 같이 살며 함께 늙는 나와 그녀의 모습이 이 단어에 스며 있었다. 그러고 보면 언어는 단단히 고정되어 있으나 나의 경험과 상상에 따라 유동적인 의미를 갖게 되므로, 세상의 문제는 오직 나의 해석에 있는 듯하다.

나는 그녀와 다르면서도 어떻게 함께할 수 있는지에 대해 생각해보고는 한다. 그녀는 "만약 내일 세상이 끝난다면 뭘 하고 싶어?" 같은 질문을 너무나 싫어하는 사람이었다. 그녀는 이 세상에서 가장 행복한 사람이었다가 5분 후에는 가장 불행한 사람이었다가 또 30분 뒤에는 행복한 사람이 될 수 있는 사람이었다.

그녀는 표정이 풍부했다. 감정 표현에 서툴고 언제나 무뚝뚝한 나와는 정반대였다. 그래서 그림을 그리거나 바느질을 하고 있는 그녀의 얼굴을 가만히 보고 있노라면, 마치 영화를 보는 것처럼 즐거웠다. 미간이 찌푸려졌다가 입꼬리가 올라갔다가 잘하지도 못하는 휘파람을 불었다가 갑자기 벌떡 일어나 기쁨의 춤을 추고는 했다.

그녀가 우는 날은 여럿 있었지만 이유는 제각각이었다. 그것은 우리의 사랑에 다양한 면이 있다는 뜻이었다. 그때마다 우리는 서로의 일부가 되었다는 사실을 실감하고는 했다. 가끔은 내게 등 돌린 모습을 가만히 지켜봐야 할 때도 있었다. 서투르게 말을 건네면 그녀는 터져버릴지도 몰랐다. 그저 멍하니, 그러나 조심스럽게 무딘 눈치로 파도가 잠잠해질 때까지 기다렸다. 나는 그렇게 슬픔을 다루었다.

어제도 그녀는 울었다. "당신 시간 속에는 내가 없잖아. 당신이 바쁜 만큼 나도 더 바빠져야만 했어." 더 이상 외롭고 싶지 않아서, 라는 말이 속삭이듯 들린 건 실제인지 착각인지 알 수 없었다. 나는 그녀만큼 외로움을 모르는 것일까. 분명한 건 모든 걸 완벽히 해내려고 할수록 정작 소중한 것을 놓쳐버린다는 사실이었다.

울다가 잠든 그녀의 눈가를 닦아주었다. 머리칼을 쓸어주고 부은 얼굴을 멍하니 바라보았다. 이 사람을 위해서는 무엇이든 포기할 수 있다고 생각해본다. 그녀가 깨어나면, 나는 평생 당신과 함께 해로하고 싶다고 말하기로 한다. 그것은 분명 사랑이었고, 나는 여전히 그것에 서툴렀다.

바다에서
당신을
떠올렸습니다

친구 결혼식이 있어 고향에 내려왔습니다. 옛 친구들을
만나면 나는 옛날의 내가 됩니다. 나는 옛날의 내가 반
가워서 하루를 더 머무르기로 했습니다. 지금 나는 바
다입니다. 해가 제법 뜨겁습니다. 정장 웃옷을 벗어 왼
쪽 팔에 걸치고 셔츠 양쪽 소매를 접어 올립니다. 구두
신은 발이 모래에 푹푹 파여서 엉성하게 걷고 있습니
다. 바다와 나는 조화롭지 않고 어색한 느낌입니다.

나는 모래사장에 앉아 파도와 사람들과 갈매기를 구경
합니다. 바람의 부드러운 압력과 모래의 입자와 푸른빛
이 느껴집니다. 나는 거기서 따뜻한 숨결과 검은 머리
칼과 차가운 손발을 떠올립니다. 당신이 보고 싶어졌습
니다.

"우리는 왜 이렇게 엉성할까요."

언젠가 당신은 말했습니다. 아마도 완벽하게 돌아가고 있는 세상에서, 왜 우리만 작은 실수를 반복하는지 묻는 것이겠지요. 그러나 걱정하지 않았으면 합니다. 나는 그런 부족함 속에서 우리가 살아 있음을 발견하고 있기 때문입니다.

나는 어느 쪽이냐 하면, 모든 일에 무신경한 편입니다. 고통을 잊고 싶어서 감각을 차단했더니 모든 면에서 무감각해졌습니다. 나는 간지럼도 잘 타지 않는 사람입니다. 그런 내가 당신을 만났고 녹슬었던 감각은 이제야 다시금 작동하고 있습니다. 그러니 부디, 지난날의 나의 실수는 잊어주시기 바랍니다. 당신이 나만큼 사랑하지 않는다고 말한 것 말입니다.

수영을 배우기 위해서는 매일 아침 물에 빠지는 시간이 필요합니다. 나는 당신을 알고 싶어서 매일 아침 당신을 생각하고 있습니다. 가끔은 우리의 관계가 가까운 친구이기를 바랍니다. 가끔은 내게 너그러움을 주고, 가끔은 엄격한 사랑으로 나를 가르쳐주었으면 합니다. 무엇보다도 우리가 꼭 하나이기를 바랍니다. "무엇인가를 갖는다는 것은 다른 한편 무엇인가에 얽매인다는 것" 이라는 문장을 법정 스님의 《무소유》에서 읽었습니다. 그렇다면 당신에게만큼은 나는 기꺼이 얽매이고 싶다는 생각입니다.

여 름
같 은
웃 음

(1)

계절과 날씨에 따라 삶의 태도가 결정되는 사람이 있다. 그 사람은 오늘 아침, 내게 다시 웃어주었다. 그 웃음에는 전염성이 있는 것인지 길거리에서 마주치는 모두가 간직하고 있었다. 사람들의 대화는 더 즐거워 보였고, 평범한 움직임에도 기쁨이 담겨 있었다. 여름이 먼 길을 돌아 나에게 왔다.

(2)

지난주에는 친구의 아이를 보러 갔다. 품에 안겨 있는 작은 생명체는 얌전했고 사랑스러웠다. 나는 엉거주춤하게 서서 아이의 얼굴을 한참 바라보았다. 꼬물꼬물 작은 움직임까지도 신비롭게 살폈다. "한번 안아봐." 나의 난처한 만류에도 그들은 기어코 아이를 내 품에 안겼다. "한쪽 손은 엉덩이를 감싸고 한쪽으로는 목을 받쳐주는 거야." 이윽고 부드럽고 따뜻한 것이 느껴졌다. 엉성한 자세가 불편했는지 아이는 조금씩 울음을 터뜨리려고 했다. 아, 그 찰나의 급박함이란. 나는 할 수 있는 한 우스운 표정을 짓고 온갖 소리를 냈다. 그러자 아이는 웃었다. 그 웃음에 나는, 사람을 다시 한 번 사랑해보기로 한다.

(3)

나는 지금껏 크고 어지러운 것에 너무나 많은 시간을 쏟고 있었다. 내 주변에 있는 작고 따뜻한 것들에게는 신경 쓰지 못했다. 그동안 조금의 죄책감조차 없었다는 사실이 부끄러워졌다. 가끔은 아이처럼 쉽게 마음을 열고 타인에게 살갑게 대하는 법을 알고 싶다.

(4)

세상은 다시 빛나기 시작했다. 무채색의 아스팔트는 햇빛과 그림자로 나뉘었다. 텅 빈 운동장도 더 이상 쓸쓸하지 않았다. 나뭇잎들이 새처럼 흔들렸다. 공기에서 여름 냄새가 났다. 그것은 바다의 상쾌함과 나무로 된 마

루와 건조된 빨래의 흔들림을 닮아 있었다. 좀 더 오래
머물러주기를 바라는 마음이었다.

당신은
당신의 방식대로
나를 사랑했다

어느 날 아침, 나는 잠에서 깨자마자 이 문장을 받아 적었다. 어떤 꿈이었는지 기억나지 않았다. 나는 그 꿈을 기억하고 싶어서 다시 잠에 들었다.

그 기억을 떠올릴 때마다 나는 한없이 부끄러워진다. 차가운 바람이 부는 밤이었고 어느 공원 근처에 있는 벤치였고 자주 가는 식당에서 두부전골을 먹은 날이었다. 나는 당신이 나를 사랑하지 않는다며 원망했다. 나는 나의 방식대로 당신이 나를 사랑해주기를 바랐다. 그것이 사랑이라고 생각했다. 당신에게는 당신만의 방식이 있다는 사실을 이해하지 못했다. 그날은 나의 가장 마지막 부끄러움이 될 것이다.

진정으로 행복할 때는 행복을 고민하지 않듯, 사랑할

때는 사랑을 고민하지 않는다. 이제 나는 더 이상 사랑에 대해 생각하지 않는다. 나는 나의 방식대로 당신을 사랑하고, 당신은 당신의 방식대로 나를 사랑한다. 우리가 서로를 이해한다는 것은 우리가 각자 다른 세계에 살고 있다는 사실을 인정했다는 의미였다. 그것은 꿈이 아니었고, 사라질 진실도 아니었다. 우리는 가로등이 없는 어두운 골목길을 걸을 때에도 두렵지 않았다. 이제 나는 그것으로 충분하다.

"당신은 당신의 방식대로 나를 사랑했다."
그 꿈은 당신과 보낸 시간이 아니었을까. 우리는 서로 다른 방식으로 사랑하지만, 그 다름이 우리의 사랑을 더욱 깊고 풍성하게 만들고 있다.

당신이
나의
꿈

(I)

내가 어설픈 인간이라는 사실에 오랫동안 슬퍼하며 살아왔다. 내가 무엇을 좋아한다든가, 혹은 싫어한다든가, 사랑한다든가, 증오한다든가, 존경한다든가, 미워한다든가 하는 이런 인간의 가장 기본적인 속성에 대해서도 명료하게 대답하지 못하며 살아왔다.

주관이 없으니 확신이 없었고, 확신이 없으니 행동하지도 못했다. 대학교 때 나에게는 여러 별명이 있었다. 그중 하나가 '말로만'이었다. 말만 하고 실제로 행동하지 않아서 붙여진 별명이었다. 아마도 지키지 못할 약속들을 했었나 보다. 그만큼 주변 사람들을 여러 번 실망시켰다는 것이겠지.

요즘은 어눌한 나를 조금씩 알아주고 있다. 알아준다는 것은 나로부터 도망하거나 피하지 않는다는 뜻이다. 나의 어설픈 면으로 존경을 받을 수는 없겠지만, 그럼에도 누군가에게는 편안한 마음을 되어줄 수 있다는 걸 알게 되었다. 이제 나는 첫 만남에도 마음을 터놓을 수 있을 정도로 어설프고 쉬운 사람이고 싶다.

(2)

오늘은 내가 꿈꾸었던 것들에 대해 생각했다. 코미디언이 되고 싶다, 돈을 잘 벌고 싶다, 동생을 지켜줄 수 있는 사람이 되고 싶다, 예술가가 되고 싶다, 개성 있는 사람이고 싶다, 긴 여행을 하고 싶다, 소설을 쓰고 싶다, 책을 내고 싶다, 좋은 브랜드를 만들고 싶다……. 그 꿈들의 끝에는 누군가에게 사랑받고 싶다는 소망이 있었다.

주변 사람들에게 꿈이 무엇이냐고 물을 때면, 크게 두 가지 반응을 보인다. 무슨 꿈 타령이냐며 어릴 적에나 믿었던 산타 이야기를 하듯 바라보는 사람이 있는가 하면, 오랫동안 고민하다가 약간의 수줍음으로 꼭 숨겨왔던 소망에 대해 말하는 사람이 있었다. 나는, 조금은 바

보 같다고 여길지도 모르겠으나, 언제나 후자의 인간이
고 싶다.

(3)

"당신이 나의 꿈입니다"라고 말할 수 있는 사람과 함께
하기를 줄곧 바라왔다. 만약 그 사람에게 꿈이 없다면,
내가 그 꿈이 되어주어야겠다. 만약 그 사람에게 내년
의 계획이 없다면, 내가 그 계획이 되어주어야겠다. 이
런 소망은 나로 하여금 지난 꿈들을 잊게 만들었다. 그
로 인해 나의 모든 불안과 슬픔이 사라졌으니, 사랑과 꿈
이 전부라고 생각하면 인생은 매우 단순해지는 듯하다.

사 랑 에
관 하 여
묻 는 다 면

종종 연애 고민을 들을 때가 있다. "좋아하는 사람이 있어요. 어떻게 다가가야 하죠?" "어떤 사람과 만나야 할지 모르겠어요" "이별을 겪었어요. 그 사람을 어떻게 잊어야 할까요"라는 고민이다. 나는 연애에 대해 잘 알지 못한다. 그래서 고민은 신중하게 들어주지만, 명확한 답을 주진 못하는 편이다.

사랑이라는 감정으로 들뜬 시기가 나에게도 있었다. 누군가의 말 한마디, 찰나의 눈 맞춤, 작은 미소 하나에도 온종일 행복할 수 있었다. 먼저 손을 내밀었다가 거절당한 밤에는 친구들을 불러 잔뜩 술을 마셨다. 연인이 되기로 약속한 날이면, 지금은 사라진 어느 술집 벽에 나란히 이름을 적어놓기도 했다. 유난히 뜨겁고 어설픈 날들이었다. 그래서 더 기억에 남는다.

이별은 힘들었다. 쓸데없이 기억력이 좋은 편이라 더 그랬다. 그 사람이 보고 싶을 때는 노트에 글을 쓰고 구겨 버렸다. 그래도 안 되면 쓸쓸한 공원에서 맥주를 마셨다. 그래도 안 되면 새벽에 텅 빈 도로를 무작정 달렸다. 그렇게 나 자신과 그 사람을 탓했었다. 지금은 알고 있다. 우리는 그리 특별하지 않았다. 그저 함께 즐거운 시간을 보냈고 예정된 이별이 있었을 뿐이다. 이별에 너무 많은 의미를 부여했기에 더 아팠다.

사랑과 이별은 지극히 개인적인 경험이다. 우리는 자신만의 방식으로 사랑하고, 자신만의 방식으로 이별을 겪는다. 그러니까 내게 사랑에 관하여 묻는다면, 나는 침묵하며 자리를 지켜줄 뿐이다. 타인의 조언이 아닌 본인의 마음에 귀를 기울일 수 있도록 말이다. 스스로의 감정을 이해하고 받아들이는 과정에서 사랑은 비로소 진정한 의미를 갖게 된다.

사랑에 대하여 후회는 없다. 어설프면 어설픈 대로, 꾹 참았으면 꾹 참은 대로, 모든 일이 나름대로 의미가 있었다. 어떤 선택을 하든 후회하지 않는 마음이 중요하다. 우리는, 특히 사랑에 있어서는 언제나 좋은 선택만 하지 못한다. 나는 사랑이란 무엇인지 잘은 모르지만, 사람을 멍청하고 비합리적으로 만드는 행복이라는 것만은 알고 있다. 사랑이란 본래 그런 성질이니까, 굳이 옳은 선택을 찾을 필요가 없다는 것이 내 생각이다.

응급실에서

응급실을 찾았다. 요 며칠째 갖은 통증을 호소하던 J를 부축해서 결국 병원으로 갔다. 그녀가 진료를 받는 사이, 나는 보호자로서 수납을 하고 보호자 대기실에 앉아 초조히 기다리고 있었다.

"CPR 환자 들어옵니다. 길 비키세요."
갑자기 응급실이 소란스러워졌다. 곧이어 중년 남성이 실려 들어왔다. 그 남성의 가슴 위에는 심폐 소생을 위한 기계가 강하게 펌프질 중이었다. 양 옆에 구조대원들이 함께 달리고 있었다.

뒤이어 보호자들이 도착했다. 배우자로 보이는 중년의 여성은 오열하고 있었다. 의사는 상황을 알기 위해 몇 가지 질문을 했고 그녀는 아주 간신히 대답해냈다. 운동을 하고 돌아온 뒤였다고 했다. 방 안에 인기척이 없어 들어가봤더니 의식이 없었다는 것이다.

의사는 몇 분 뒤 돌아왔다. 현재 환자의 심장이 멈춘 상태라고 전했다. 계속 CPR은 진행하고 있으나 30분 이상 지속하는 건 의미가 없다고 말했다. 사실상 죽음을 선고한 것이다. 그녀는 허망하게 무너졌다. 그 찰나의 침묵이 어떤 울음보다도 가장 슬프게 느껴졌다. 바닥에 주저앉은 그들을 단 한순간도 바라보지 못했다.

처음으로 타인의 죽음을 목도했다. 나는 그의 죽음이 아니라 남겨진 사람을 보며 눈물을 흘렸다. 의사는 곧바로 다른 환자를 돌보기 위해 뛰어갔다. 담담하게 돌아가는 저 의사들은 얼마나 많은 죽음을 마주했던 것일까. 복잡한 마음이 일었다.

저쪽에는 J가 누워 있었다. 그 앞에 앉아 그녀의 창백한 얼굴을 살폈다. 무슨 일이 있었냐는 듯 묻는 표정에 나는 아무 일도 없었다는 듯 애써 웃어 보였다. 많은 생각이 들었다. 정말로, 정말로 많은 생각이었다.

나의
회복탄력성

요즘은 '회복탄력성'에 대해 자주 생각한다. 회복탄력성은 고난을 견디거나 좌절을 딛고 일어나는 등 어려움에 직면했을 때 빠르게 회복하는 능력을 말한다. 나는 다른 사람들보다 회복이 빠른 사람이라고 생각했다. 세상이 무너질 것 같은 좌절을 맞이해도, 맥주 몇 캔을 마시고 잠에 들면 다시 괜찮아졌다. 그런데 사회생활을 시작하면서 좌절하는 경험이 잦아졌다. 마음처럼 되지 않은 일들이 연속되었다. 맥주와 잠과 주말만으로는 상처가 미처 회복되지 못했다.

지금 나의 회복탄력성은 온전히 J가 맡고 있다. 나의 축 처진 어깨를 발견하면, 그녀는 내게 무엇을 하고 싶은지 묻는다. 나는 맥주와 위로가 필요하다고 말한다. 그러면 우리는 외투를 걸치고 동네의 조그만 펍을 찾는다. 맥주 한 잔을 시키고 그녀는 나의 하소연을 한참 들어준다. 그리고 조곤조곤 이야기해준다.

"나는 당신이 밝은 글을 많이 썼으면 좋겠어. 우울한 글이 싫다는 건 아닌데, 날씨로 치면 장마보다는 맑은 날이 많은 게 좋잖아."

"나는 모닥불이고 자기는 숯불이야. 아니 전기장판. 나는 활활 타오르는 대신 금방 꺼지고, 당신은 은근하게 오래가니까. 끈기가 있다는 건 엄청난 장점이야."

"그건 당신 잘못이 아니야. 당신이 그걸 고민할 필요는 없어."

"당신은 글을 써야 되는 사람이야. 소재를 얻어서 메모할 때마다 항상 웃음을 띠고 있어. 그럴 때 당신은 정말 기뻐 보여."

그러면 나는 "그런가?" 하고 고개를 갸웃했다가, "당신 말이 맞는 것 같아" 하고 고개를 끄덕이다가, "나 조금 더 해볼게"라며 머쓱하게 웃어 보이곤 했다. 그러면 어지럽게 엉켜 있던 마음이 어느새 풀어져 있었다. 그녀의 다정한 말들은 어떠한 것보다도 큰 위로가 되었다.

그녀는 늘 나에게 이렇게 말하는 듯했다.
'당신이 괜찮은 사람이란 걸 잊지 말 것.'

만약 그녀에게 위로가 필요할 때면, 나는 이렇게 말해
주고 싶다. 세상 어떤 일보다도 오늘 당신의 기분이 내
게는 더 중요하다고. 당신의 말에 나는 내일을 살아간
다고.

좋아하는
것에
대하여

"싫어하는 것이 많은 세상에서 좋아하는 것들에 대해 더 많이 이야기하고 싶어요"라는 말을 들었다. 그 말에 혼자 속이 찔렸다. 내가 그동안 좋아하는 것에 대해 말하는 일에 인색했던 것이 사실이다. 싫어하는 것들은 줄줄이 읊을 수 있는 반면, 좋아하는 것에 대해서는 어쩐지 어설프고 서툴러진다는 걸 경험적으로 알고 있기 때문이다. 그럼에도 오늘은 내가 좋아하는 것에 대해 쓰기로 다짐했다.

먼저 나는 새 책 냄새를 좋아한다. 새 책의 냄새가 인쇄 잉크, 낱장을 이어 붙이는 접착제, 책 표지에 쓰이는 코팅지 등에서 나온다는 걸 잘 알고 있지만, 그럼에도 그 묘한 냄새는 내 마음을 놀이터의 어린아이처럼 뛰게 했다. 나는 어려서 서점 주인을 부러워했다. 아마도 그 시절 새 책을 산다는 건 내게 아주 큰일이었기 때문에, 서점에서 책을 고르고 소중히 모셔오는 일련의 과정과 감각은 내게 긍정적인 기제로 남아 있는 듯하다.

또한 나는 맥주 마시기를 좋아한다. 다른 종류의 술은 전혀라고 해도 좋을 정도로 입에 대지 않는다. 처음으로 맥주의 맛을 알았던 건, 대학 동기가 기네스 드래프트 맥주를 사주었을 때였다. 맥주란 괜히 비싸기만 하고 배부른 것이라는 선입견을 깨뜨린 날이었다. 그렇게 맥주의 세계에 입문하던 중 싱가포르의 어느 펍에서 수제 맥주를 마셔보게 되었다. 탄산이 적고 아로마 홉 향과 시트러스 향이 가득한 에일 맥주는 세상에는 아직 내가 모르는 좋은 것들이 많다는 사실을 깨닫게 해준 기념비적인 한 잔이었다.

나는 강릉 안목 바다의 쓸쓸한 벤치를 좋아한다. 나는 버스 창문을 통해 바라보는 풍경을 좋아한다. 나는 시간이 지나도 촌스럽지 않은 음악을 좋아한다. 나는 노견의 흰색 털을 부드럽게 쓰다듬어주는 일을 좋아한다. 나는 가을 햇살의 따뜻한 색깔을 좋아한다. 나는 자전거를 탈 때 스치는 미지근한 바람을 좋아한다. 나는 단골 가게의 주인과 눈인사 하는 순간을 좋아한다. 나는 우리가 음악도 없이 춤을 추는 순간을 좋아한다. 나는 내가 좋아하는 것에 대해 말할 때 얼굴이 붉어지고 말이 빨라지는 순간을 좋아한다.

이렇듯, 내가 좋아하는 것에는 내가 바라는 모습의 일부가 담겨 있다. 더는 살아갈 마음이 없다는 사람에게 나는 이런 소망을 전해주고 싶다. 이 세상에는 내가 아직 모르는 것들이 많으므로, 나는 좋아하는 것들에 대해 더 많이 말하는 사람이고 싶다고.

당신에게는
잠깐의
위로이기를

초등학생 때, 내 꿈은 코미디언이었다. 친구가 나를 통해 웃는 것이 좋았다. 나는 선생님을 흉내 내거나 우스꽝스러운 말투로 친구들을 웃겨주었다. 쉬는 시간마다 어떤 장난을 쳐야 할지 생각하는 일이 즐거웠다.

열두 살에 부모님이 이혼했다. 동생은 내게 엄마가 보고 싶다고 말했다. 나는 내가 이해하지 못한 것을 동생에게 설명해야 했다. 그래서 아무 일도 아닌 것처럼 굴었다. 매일 밤 동생 몰래 울었다. 그 즈음 코미디언의 꿈도 사라졌다. 철이 들어야 할 나이였다.

스무 살에는 자유를 감당하지 못하고 방황했다. 언젠가 그 시절에 쓴 일기장을 우연히 발견했다. 부정적이고 우울한 기운으로 가득했다. 차마 읽기가 부끄러울 정도로 감정 과잉이었다. 상처를 내보일 용기는 없었다. 일기장에 서툴게나마 감정을 쏟아내야만 겨우 살아갈 수 있을 정도로 나는 심하게 곪아 있었다.

스물아홉이 되던 해 본격적으로 글을 쓰기 시작했다. 그것은 순전히 우연이었다. 나는 여행회사에 다니던 사회 초년생이었다. 일에 매진하며 살았지만 그리 생산성은 없던 시절이었다. 어느 날 우연히 사내 이벤트에 선정되어 세계일주 여행을 떠나게 되었다. 최소 경비로 최다 도시와 최장 거리를 이동하는 여행 계획서를 작성한 사람에게 주어진 기회였고, 생각 없이 제출한 내 계획서가 선정된 것이었다. 그렇게 한 달간의 여행이 시작됐다. 아홉 개 도시를 지나는 여행에서 나를 지배한 감정은 의무감과 외로움이었다. 회사에서 지원해준 경비로 세계일주를 하는 일은 인생에 둘도 없는 기회였기에 모든 순간을 기억해야 한다고 생각했다. 또한 홀로 외로움과 견뎌내야 했기에 무언가 할 일이 필요했다. 내가 선택한 일은 기록이었다. 여행을 하며 내 주변에서 일어난 모든 장면을 카메라로 촬영했고 그때마다 떠오른 감정과 생각을 메모장에 자세히 묘사했다.

홀로 여행하고 기록하면서 얻은 교훈은 그동안 내가 아무것도 아니었다는 사실이었다. 내가 다니는 회사와 내가 하는 일을 제외하면 나를 설명할 수 있는 단어가 없었다. '내가 어떤 사람이었더라?' 나는 나에 대해 잘 모르고 있었다. 여행을 하면서 내가 서 있는 풍경은 계속 바뀌었고 그 안에서 바뀌지 않는 '나'라는 사람이 조금씩 선명해졌다. 내가 좋아하는 것, 내가 싫어하는 것, 나를 기쁘게 하는 것, 나를 슬프게 하는 것……. 그제야 내가 보였다. 가장 가깝지만 알 수 없는 '나'라는 존재와 제대로 마주한 것이다. 그때부터 나에 대한 글을 쓰기로 결심했다.

서른이 되던 해 뉴스레터를 시작했다. 매주 월요일마다 짧은 에세이를 메일로 보냈다. 처음에는 내 이야기를 한다는 것이 부끄럽고 어려웠다. 이토록 즐거운 일이 넘치는 세상에서 사적인 편지에 마음 쓰는 사람이 있을까. 나는 반신반의하며 글을 보냈다. 그렇게 벌써 몇 해가 지났다. 그동안 많은 사람들이 내 개인적인 글을 읽어주었다. 도리어 독자들이 자신의 내밀한 이야기를 들려주기도 했다. 누군가와 함께 살아가고 있다는 사실은 다시 살아갈 이유가 되기도 했다.

내가 글을 쓰는 이유는 내가 불완전한 사람이라는 사실을 알리기 위해서다. 나는 그것이 누군가에게 위로가 된다는 걸 알고 있다. '나, 그리고 당신, 우리는 모두 불완전한 작은 존재다.' 이 문장을 진실로 받아들이는 순간 우리는 더 이상 감추기 위해 불안해하지 않아도 된다. 완벽하려고 노력하지 않아도 되니까 편안하고 자유로워진다. 나는 그런 방식으로 나 자신을 사랑하기 시작했다.

나의 고단함이 당신에게는 잠깐의 위로였으면 한다. 친구들을 웃게 해주려던 아이는 이제 좋은 글을 쓰기 위해 고민한다. 최초의 독자이자 나의 가장 마지막 친구에게 주는 서툰 위로. 나는 아직 연습 중이다.

잃은

만큼

채워진다

아 이 의
뒷 모 습

"당신이 기억하는 생애 첫 순간은 무엇인가요?"라고 내게 묻는 사람은 지금껏 아무도 없었다. 그러니까 살면서 이에 대해 단 한 번도 생각해본 적이 없던 것이다. 아니, 프로이트를 읽으면서 이 문장을 발견했을 수는 있겠으나 그리 진지한 태도로 고민해본 적은 없었다. 그러나 바로 어제, 누군가 내게 이 질문을 던졌을 때 나는 불현듯 어떤 장면을 선명하게 떠올렸다. 그 장면은 전혀 생각지도 못한 것이라서, 실제로 존재했던 일인지조차 헤아리기 어려웠다.

나는 유년기를 외국에서 보냈다. 놀라운 점은 그 시기에 대해 전혀 기억하지 못한다는 사실이다. 내가 태어나자마자 우리 가족은 모두 이집트 카이로로 떠났고, 초등학교에 입학하기 전에 한국으로 돌아왔다는 사실을 나중에야 아주 천천히 이해할 수 있었다. 어쩌면 내게 최초의 5년은 없었던 것이 아닐까, 가족은 모두 인간으로 분장한 외계인이고 나는 초등학생의 몸으로 깨어나 지금껏 살아가는 건 아닐까, 라는 상상을 어릴 적에는 곧잘 했다. 어쨌든 유년기에 대한 수십 초 정도의 기억을 어렴풋하게나마 떠올릴 수 있었기에 나는 5년간의 시간을 간신히 지켜낼 수 있었던 것이다.

그 기억은 자동차 안에서부터 시작된다. 나는 유치원에 가기 위해 뒷좌석에 앉아 있다. 차창 너머로는 뜨거운 태양과 구름 없는 하늘만이 내 시야에 간신히 보였다. 운전자는 아버지는 아니지만 아버지와 가까운 사람이었다. 자동차가 멈추자 나는 재빨리 문을 열고 내린다. '빨리 가서 좋은 장난감을 차지해야 해.' 유치원을 향해 헐레벌떡 뛰기 시작한다. 몇 초 뒤, 나는 가방을 자동차 뒷좌석에 두고 내렸다는 사실을 깨닫는다. 뒤를 돌아보니 자동차는 저 멀리 사라져가고 있었다. 어느 뜨거운 이국땅에서 나는 멍하니 그 모습을 바라보고 있었다. 그리고 암전. 이것이 내 생애 최초의 기억이다.

이것이 내게 의미하는 바는 무엇일까. 나는 평생 상실의 감각과 함께 살아왔다. 왠지 놓쳐버린 무언가가 있는 것만 같아서, 떠나가는 것을 자꾸만 미련으로 바라보았다. 나는 무엇을 위해 살아가고 있는가, 내게 있었다고 생각되는 어떤 것을 찾기 위해 살아간다, 라고 스스로 묻고 대답하는 삶을 살아왔다. 그것이 무엇인지, 실제로 존재하는지도 도무지 알지 못한 채, 오직 빈자리를 채우려는 충동만이 나를 살아가도록 떠밀었던 것이다.

이 기억만을 유일하게 잊지 않고 붙잡아두었던 이유는, 내 생애 최초의 불안한 감정이었기 때문은 아닐까. 나는 불안함을 느낄 때마다 이 순간을 기억해냈을 것이다. 가방을 놓고 내린 아이, 내가 소유했던 것이 떠나가는 것을 무기력하게 바라만 보아야 했던 아이의 심정으로 나는 이제껏 살아왔던 것 같다. 그런 생각을 하면 마음이 아프다. 그 아이의 뒷모습을 바라보면서도 내가 할 수 있는 일은 아무것도 없었다.

소년과
백일장

어릴 적부터 글쓰기에는 젬병이었다. 유난히 감성적이던 중학교 국어 선생님은 내가 쓴 〈메밀꽃 필 무렵〉 독후감을 읽고서 나를 백일장에 내보내기로 결심했다. 사실 그 글은 인터넷에 올라온 여러 개의 독후감을 짜깁기한 것이었는데, 선생님의 감동한 얼굴 앞에서 차마 사실대로 말할 수 없었다.

백일장은 소풍처럼 야외에서 진행되었다. 흰 종이와 주제를 주고 시간 내에 자유롭게 써 오도록 하는 방식이었다. 나는 이런 방식의 글쓰기에 약했다. 나는 일찍부터 컴퓨터를 다루었다. 그래서 글을 그림 그리듯 썼다. 일단 첫 문장과 끝 문장을 적고, 그 사이를 채워나가는 식이었다. 순서를 바꾸거나 끼워 넣지 않고, 토씨 하나 틀리지도 않고 시작부터 끝까지 한숨에 글을 써야 한다는 것이 내게는 이해가 되지 않았다.

게다가 백일장에서 주어지는 주제들은 모두 이상했다. '신발을 주제로 산문을 쓰시오'라는 식이었다. 도대체 신발로 어떤 글을 써야 할까. 나는 흙이 묻어 꼬질꼬질한 나의 신발을 바라보다가 시간의 절반을 써버렸다. 결국 내가 써낸 첫 문장은 '신발을 벗자'였다. 우리는 왜 답답하게 양말도 신고 신발도 신고 다니는 걸까. 맨발로 이 촉촉한 흙길을 걸으면 기분이 정말 좋을 텐데. 발가락도 요렇게 저렇게 움직일 수 있을 텐데. 정말 자유롭고 시원할 텐데. 이렇게 마구잡이식으로 글을 써 내려가다가 시간이 끝나가는 바람에, 마지막 문장도 '신발을 벗자'로 쓰고 제출해버렸다. '신발'이 주제인 백일장에서 신발을 벗자고 말한 나의 산문은 참가상 정도에서 그쳤다. 다른 백일장도 마찬가지였다.

국어 선생님은 백일장 성적에 의아해하면서도 나에 대한 믿음이 있으셨는지, 계속해서 나를 백일장에 내보냈다. 나는 백일장에 나가고 싶지 않다고 말할 수 있을 만큼 자기주장이 강한 아이가 아니었다. 그래서 매번 백일장에 나가 백지를 받아 들면서, '나는 글쓰기에 재능이 없구나'라고 선생님 몰래 생각하곤 했다. 그런 내가 지금은 매일 글을 쓰는 일에 몰두하고 있으니 인생이란 게 참으로 아이러니다.

"너는 글쓰기를 좋아하게 될 거야. 네가 쓴 글을 사랑하는 사람이 생길 거야."
백지를 받아 들고 고민하는 녀석에게 이 말을 전한다면 과연 어떤 표정을 지을까. 가만히 웃을까, 안심할까, 아니면 의아하다는 얼굴로 멍하니 앉아 있다가 다시금 종이 속으로 얼굴을 파묻을까.

5년 전의
나에게
보내는 편지

비 오는 날, 카페에 앉아 편지를 썼습니다. 5년 전의 나에게 보내는 편지입니다. 10년 전도, 1년 전도 아닌, 5년 전의 나에게 보내는 이유는 당시 내가 아직 온전한 '나'가 아니었으며 무수한 조언과 타인의 시선을 맹목적으로 좇았기 때문입니다.

편지의 시작은 이렇습니다.

좋아 보이려고 노력하지 말자. 너는 싱거운 사람이다. 오늘도 너는 셀러리 같다는 말을 들었다. 맵지도 짜지도 달지도 않고 칼로리도 없으며 그저 건강한 느낌을 주는 재미없는 사람 말이다. 그런 사람이 눈에 띄려고 하거나 화려해 보이려고 애써봤자 허상이다. 그건 자신을 지치게 만들 뿐이다. 절망하게 될 뿐이다. 타인의 인정을 받고자 전전긍긍하지 말자. 자기 자신 그대로의 모습을 좋아해주는 사람은 언제든 있다. 그것이 대중적이지는 않을지언정 언제든 누구든 존재한다. 마치 셀러리를 찾는 사람은 늘 있는 것처럼.

편지의 중간은 이렇습니다.
주변에서 으레 말하는 청춘, 인생의 전성기를 허투루 보내는 것은 아닌지 고민하지 말자. 그런 낡고 해진 생각에 얽매이지 않아도 된다. 너의 청춘과 전성기는 그때가 아니다. 지금의 너는 그저 아무것도 몰라서 닥치는 대로 걱정을 쓸어 담고 무모하게 시도하고 쉽게 좌절하는 사람일 뿐이다. 하지만 그때는 그래야 한다. 그러니 너는 지금 잘하고 있는 것이다.

편지의 끝은 이렇습니다.
주관이 없다는 사실을 걱정하지 말자. 그건 시간문제다. '나'라는 경계가 없음을 걱정하던 너는 결국 너무 단단해져버린 '나'라는 틀을 깨뜨리기 위해서 부단히 노력하게 될 것이다. 취향이 없음을 고민하던 너는 편견과 고집 없이 새로운 것을 기꺼이 시도하던 너를 그리워하게 될 것이다. 그러니 우리 흔들리지 않으려고 노력하지 말자. 그래도 괜찮다. 지금의 너로도 괜찮다.

편지를 쓰면서 많은 감정이 밀려왔습니다. 그 시절의
내가 얼마나 많은 혼란과 불안을 겪었는지 생생하게 느
껴졌습니다. 문득 5년 뒤의 나는 지금의 나에게 어떤 편
지를 쓰게 될지 궁금해졌습니다. 지금 내게는 어떤 조
언이 필요한지, 지금의 고민과 불안은 시간이 지나면
어떻게 변할지, 미래의 나는 지금의 나를 어떻게 위로
할지…….

아침
같은
글

(I)

이른 아침에 일어나는 일이 많아졌다. 새로운 가구들을 주문했기 때문이다. 침대와 옷장, 거실에 놓을 탁자와 소파였다. 기사님들은 주로 아침 6시쯤 도착하기 때문에, 나는 5시 30분에 일어나 맞이할 준비를 했다.

나는 잠이 많다. 일찍 자고 늦게 일어나는 편이다. 다행히 내가 다니는 직장은 출퇴근 시간이 자유롭다. 그래서 늦은 아침에 출근하고 늦은 밤에 퇴근하는 생활이 자연스러웠다. 그러니 이런 시간에 깨어 있다는 사실만으로도 내게는 새로운 일상처럼 느껴졌다. 아침 6시에도 해가 떠 있으며, 그때의 세상은 필름 사진처럼 푸른 빛으로 물들어 있다는 걸 나는 여태껏 잊은 채 살고 있었다.

무라카미 하루키는 새벽 4시에 일어나 글을 쓴다고 한다. 스티븐 킹도 아침에 일어나자마자 글을 쓴다고 했다. 작가들이 이른 아침에 글을 쓰는 이유는 무엇일까. 아무래도 자고 일어나면 아무런 잡념이 없는 상태이기 때문일 테다.

나는 퇴근 후 글쓰기를 지향해왔다. 그래서 어떨 때는 이미 소진되어서 멈춰버린 생산성의 뺨을 때리는 일부터 시작했다. 주로 글을 쓸 낯선 공간을 찾아가거나 맥주 한 캔을 쭈욱 들이켜는 식이었다. 그때야 나는 바닥에 겨우 남은 여력으로 감정을 뱉어낼 수 있었다. 글을 쓰고 나면 각성 상태가 된다. 몸은 달아오르고 시야는 뚜렷해지고 감각은 예민해진다. 글을 쓴 날이면 마음이 들떠서 쉽게 잠에 들지 못했다. 자다가 문득 떠오르는 생각이나 고치고 싶은 문장이 생기면 눈을 뜨고 휴대전화 메모장에 적어두었다. 가끔은 나의 기억을 믿고 잠들었다가 아침이면 '어젯밤 무언가 신선한 문장을 떠올렸었는데……'라는 감각만 마주하게 되었다. 그렇게 사라진 문장을 모은다면 단편소설 한 편을 쓸 수 있을지도 모르겠다.

나의 아버지는 아침에 대한 완고한 철학이 있다. 그것은 '매일 아침 6시에 일어나는 사람은 성공한다'라는 신념이었다. 아버지는 아침 일찍 일어나는 습관을 가지고 성공한 사람들의 이름을 꽤 긴 시간 동안 읊을 수 있었다. 그 철학이 사실이라면, 우리 가족은 성공을 바라지 않는 사람들이었다. 주말이면 오전 11시쯤 일어나서 LA 다저스의 메이저리그 경기를 보고 아침 겸 점심을 먹는 것이 우리 부자(父子)의 루틴이었기 때문이다. 어쩌면 아버지의 철학 뒷문장에는 '그러나 꼭 성공하는 삶을 살지 않아도 괜찮다'가 생략되어 있었는지도 모르겠다. 그러고 보면, 나는 무언가를 할 때보다 알고도 하지 않을 때 더 적극적인 마음이 되는 것 같다.

지금은 아침 7시 30분이다. 가구 설치도 어느 정도 끝이 났다. 출근을 준비할 시간이다. 밤에 쓰던 글을 아침에 쓰니, 아침 같은 글이 되었다. 그러나 나는 앞으로도 밤에 글을 쓸 것만 같다. 우리에게는 각자만의 방식이 있으므로. 적어도 새로운 가구가 오거나 성공적인 삶을 살고 싶다는 생각이 들기 전까지는 말이다.

나 를
기 억 해 주 세 요

"앤트러사이트 서교점에 오면 저를 기억해주세요"라는 익명의 답장을 받았다. 커피에 대한 글을 썼을 무렵이었다. 그냥 카페도 아니고 앤트러사이트, 그것도 서교점에 오면 자신을 기억해달라니. 혹시 그곳에서 일하는 분은 아닐까 짐작만 할 뿐이었다. 그곳에 오면 자신을 기억해달라니. 조금은 뜬금없는 이야기였다. 그러나 쉽게 무시하고 지나기에는 '저를 기억해주세요'라는 문장이 체증처럼 식도에 걸렸다. 몇 주간 혼자 속앓이를 한 끝에 내가 졌다. 나는 이름도, 얼굴도 모르는 누군가를 기억하러 가기로 했다.

서교동 골목에 들어서자 멋진 가게들이 하나둘씩 나타났다. 그 중에서도 가장 특이한 공간에 들어갔다. 넓은 창문이 돋보이는 3층짜리 건물이었다. 오래된 저택을

개조해서 만들었다는 말이 실감되었다. 매끄러운 나무로 마감된 실내의 벽 군데군데 거친 회색 벽돌이 드러나 있었다. 마치 옷자락이 흘러내린 불상의 어깨를 보는 듯했다. 나는 핸드드립 커피를 주문했다. 도서관처럼 조용한 분위기였다. 옆 사람들이 건축가 이타미 준에 대해 이야기하는 걸 들을 수 있을 정도였다.

주문한 커피가 나왔다. 커피는 빨려 들어갈 것 같은 어두운 색이었는데, 컵 가장자리로 갈수록 옅은 갈색이 드러났다. 컵을 코에 가까이 가져가자 옅은 시큼한 향을 맡을 수 있었다. 한 모금 마셔보니 시큼한 향이 미각으로 진하게 구체화되었다. 끈적하지만 전체적으로 무겁지 않은 질감이었다. 마시고 나면 혀끝에 달짝지근한 캐러멜 맛이 남았다. '공기와 꿈'이라는 원두명과 잘 어울렸다.

커피를 마시며 주위를 둘러보았다. 이곳에 나를 기다리는 듯한 사람은 없었다. "여기에요" 하며 반갑게 손을 흔드는 사람도 없었다. 나는 도대체 무엇을 바라며 이곳에 왔을까. 누가 마중이라도 나올 것이라 생각했던 걸까. 그저 자신을 기억해달라는 문장이 나를 이곳으로 이끌었다. 그만큼 '저를 기억해주세요'는 강력한 문장이었다. 우리의 삶은 기억으로 구축되며, 그것은 매우 제한적이고 어지러운 시공간에서 일어난다. 그 혼란 속에서도 나는 '앤트러사이트 서교점'을 찾을 때마다, 혹은 빈티지 건물에 들어서거나 산미 가득한 원두향을 맡을 때마다, 이 일련의 사건을 기억하게 될 것이다.

내가 무언가를 오래 기억하는 방법은 글을 쓰는 것이다. 나는 이 글을 쓰면서 만난 적이 없는 그 또는 그녀의 이야기를 기억하기로 한다.

때 묻은
단어를
버리기로 했다

요즘 들어 결심하는 일이 잦다. 그런데 이번에는 조금 다르다. 일을 벌이기로 결심하는 것이 아니라 버리는 일을 결심한 것이다. 나는 때 묻은 단어를 버리기로 했다. 때 묻은 단어란 무엇인가. 그것은 본질에서 벗어나 부정하게 쓰이는 단어다. 비유하자면 얼굴과 손의 물기를 훔치는 수건이 닳고 닳아 걸레처럼 바닥에서 굴러다니는 단어다. 나는 언제나처럼 다 닳아버린 언어로 얼굴을 닦다가 이제는 폐기하기로 결정한 것이다.

언어는 미꾸라지처럼 끊임없이 생동한다. 새로 만들어지는 단어, 사라지는 단어, 다시 힘을 얻는 단어, 촌스러운 단어, 대충 둘러대기 좋은 단어 등. 언어는 그런 방식으로 변화한다. 단어 자체가 무슨 잘못이 있겠냐만, 사회에서 무분별하게 쓰여서 오염된 것이 여럿 있다. 그런 단어들은 나의 행동을 옭아매고 생각을 구속한다. 겉으로는 멀쩡해 보이지만 속은 곪은 언어들. 이제는 알아차릴 만큼의 감각이 생긴 것이다. 앞으로 나는 이런 단어들을 버리기로 결심했다.

착하다. 이 말은 내게 결코 칭찬이 아니었다. '착하다'는 말은 '딱히 모난 데가 없고 자기주장이 강하지 않다. 가족이나 사회가 요구하는 대로 말없이 순응하고, 별다른 개성이나 차별점이 없다'라는 의미로 들렸다. 나는 어른들로부터 이 말을 들을 때마다 화가 났다. 내가 지금껏 수행해온 일련의 순응과 복종은 자발적인 것이 아니었다. 오히려 그런 나를 혐오하고 바보 같다고 비난하고 있는 중이었다. 하지만 나는 그 마음을 드러내지 못했는데 '착한 사람'이라는 규정이 터져 나올 것 같은 내 입을 막았기 때문이다. 그러다 결국에는 스스로를 합리화하며 내면으로 삼켜버리는 것이었다. 나는 이제 이 말을 내 삶에서 폐기하려고 한다.

억지로. 나는 이 단어를 미워한다. 우선 발음부터가 싫다. 처음부터 '억' 하고 소리가 목구멍 끝에 걸리는데 괜스레 억울한 감정이 느껴진다. '지'에서는 턱 하고 걸린 숨을 내쉬면서 진공상태가 된다. 마지막으로 '로'를 할 때에야 비로소 공기를 내뱉을 수 있는데 서글프게 느껴진다. 이 일련의 과정이 마치 정당하지 않은 요구에 울컥했다가 끝내 체념한 사람의 한숨처럼 들린다. 나는 그 발음과 의미가 마음에 들지 않아서, 가끔은 국어사전에서도 지우고 싶다는 생각을 했다. 단어 하나가 없어진다고 해서 세상이 바뀌지는 않겠지만 그래도 그런 마음이 들었다. '억지로'라는 글자를 보면 고개를 푹 숙이고 하고 싶은 말을 꾹 참고서 간신히 끄덕이는 남자의 벌겋게 익은 얼굴이 떠오른다. 그 남자의 얼굴은 불분명하지만 나를 닮아 있었다.

당연히. 인생에 정답이 없다는 걸 깨닫는 순간 이 말을 아끼기로 했다. '당연하다'는 말은 어떤 상황이나 생각이 모두에게 보편적으로 받아들여져야 한다는 의도를 내포한다. 누군가에게 어떤 행동이나 반응을 기대하거나 강요할 때 사용되기도 한다. '당연히' 앞에 자격이나 신분이 붙으면 더 큰 힘이 생긴다. 학생이니까, 부모니까, 남자니까, 여자니까, 형이니까, 동생이니까, 문과니까, 외국인이니까……. 어떤 경우에 이 단어를 써도 괜찮을지 고민해봤는데 딱히 떠오르지 않는다.

그 외에도 '남들처럼', '완벽', '후회'와 같은 단어들이 있다. 이 단어들은 어떤 일이든 시작부터 가로막았다. 내 생각에는 어떤 경우에서도 도움이 안 되는 말들이다. 언어는 사고를 지배하기 때문에, 설령 그런 마음이 들더라도 말하지 않도록 주의해야 한다.

내가 때 묻은 단어를 버리겠다는 건, 지금까지 내가 그것들을 지니고 살았다는 의미다. 이렇게 정리하고 나니 홀가분한 기분마저 든다. 여전히 버려야 할 단어가 많다. 혹시 폐기할 시기가 된 때 묻은 단어를 지니고 살고 있지는 않은지, 만약 그렇다면 이번 기회에 모두 모아 정리해보는 건 어떨지 제안하고 싶다. 언어가 그렇듯, 우리의 삶도 그런 방식으로 생동하는 힘을 얻는다.

마음을
비추는
문장들

연초에 계획을 세우고 연말에 좌절하기를 여러 번 반복한 결과, '거창한 계획은 어김없이 실패한다'는 결론에 이르렀다. 그래서 접근 방식을 바꾸었다. 큰 목표를 세우는 대신 아주 작고 구체적인 습관들을 매일 반복하는 것이다. '매달 열 권의 책을 읽는다'는 거창한 목표다. 하지만 '매일 한 챕터씩 읽는다'라든지 '매일 5분만 읽는다'라든지 '출근길에 책을 펼쳐본다'는 것은 실행 가능한 작은 목표다. 시작은 작을수록 좋다. 마치 양치질처럼 사소해야 한다. 그래야 부담이 덜하다. 범위나 강도를 조금씩 늘리기도 수월하다.

필사도 그런 의미에서 시작되었다. '필사'란 책이나 좋은 문장을 손으로 직접 베껴 쓰는 일이다. 나의 경우는 이렇다. 매일 책을 읽고 마음에 드는 문장을 수첩에 적는다. 그리고 밤 12시가 되면 필사한 문장을 아내와 공유한다. 오늘은 어떤 문장을 적었는지, 왜 그 문장을 적었는지에 대해 이야기한다. 이 일련의 의식이 몇 개월째 이어지고 있다. 그러다 보니 책을 매일 읽게 되었다. 보통은 필사할 문장을 찾기 위해 필사적으로 읽었지만, 어느새 책 속에 빠져 헤어 나오지 못하는 때도 있었다. 매일 짧게는 10분, 길게는 두 시간씩 읽었다.

필사를 하면 실용적인 독서를 할 수 있다는 장점이 있다. 예전에는 책을 읽어도 그 이야기가 꿈처럼 쉽게 잊히곤 했다. 그런데 필사를 하면 책을 읽을 뿐만 아니라 그곳에서 발견된 의미 있는 문장들이 기록으로 남게 된다. 아무리 내 취향이 아니거나 영 마음에 들지 않는 책일지라도 하나의 문장 정도는 꼭 뽑아낼 수 있었다. 그러니까 어떤 책이든, 일단 읽으면 무언가가 남는다는 감각이 생겼다.

또한 필사를 하면 내 마음 상태를 알아차릴 수 있었다. '그 많고 많은 문장들 사이에서 왜 하필이면 이 문장이 내 눈에 띄었을까?'라고 스스로 질문하고 답하게 된다.

예를 들면, "당신 앞에 세상은 하나의 좁은 길이 아니라 들판처럼 열려 있고, 당신이 보아야 할 것은 보이지 않는 어딘가의 목표점이 아니라 지금 걷고 있는 그 들판이다."(채사장, 《우리는 언젠가 만난다》)라는 문장을 필사한 2023년 10월 26일에는 내가 사소하고 수많은 목표에 압도당하고 있는 기분이었다는 걸 깨달았다. "모든 게 순조로울 때 칭찬을 받고 영광을 누리길 바란다면 쓰레기 같은 일도 받아들이는 법을 배워야 한다."(개리 비숍, 《나는 인생의 아주 기본적인 것부터 바꿔보기로 했다》)라는 문장을 적은 2024년 2월 11일에는 내가 겪고 있는 어려움을 그저 불편하고 쓸모없는 일로 여기고 있다는 것을 알게 되었다. 이 문장을 필사한 날, 나는 스스로에게 현실의 어려움을 직시하고, 그것을 긍정적으로 받아들이는 법을 배우자고 다짐했던 것 같다. 그러니까 그날그날 필사한 문장은 내 생각이나 감정을 보여주는 거울이 된다. 내가 가까운 사람과 함께 필사하기를 권하는 이유도 이와 같다.

독서는 기본적으로 작가와 독자의 내밀한 대화다. 작가는 자신의 경험과 그 안에서 체득한 지식, 훑고 지나간 감정들을 심연에서 길어 올린다. 독자는 그 자취를 따라 천천히 걸어간다. 때에 따라 잠시 쉬었다 가기도 하고 도중에 멈추기도 한다. 그렇게 여러 길을 걷다 보면 우리가 보낸 서로 다른 시간이, 각자의 기쁨이, 소박한 다짐이, 결정적인 조언이, 정성스럽게 다듬어진 문장이 내 안에 차곡차곡 쌓인다.

이 모든 걸
기록할 수
있기를

한 여행자를 인터뷰하는 날이었다. 저녁 8시, 청계천 근처 카페에서 만났다. "장군이도 데려와야 할까요?"라는 물음에 "아니요, 혼자 오셔도 괜찮아요. 스트레스 받을까 걱정돼서요"라고 사전에 말해놓았다. 그녀는 골든리트리버 '장군이'와 여행하는 백패커였다.

장군이와의 관계에 대해 그녀는 '전우애'라는 말을 썼다. 단순한 주인과 반려견의 관계가 아니었다. 마치 오랜 시간 한계를 함께 극복해온 동료 같았다. 서로를 응원하고 기뻐하기도 하고 토라지기도 하고 눈빛만으로도 서로의 마음을 이해하는 그런 동료. "반려견과 주인은 서로 닮나 봐요"라는 나의 질문에 "장군이가 저를 따라와주는 거죠"라고 그녀가 웃으며 대답했다. 나는 반려동물을 키워본 적이 없어서 이런 관계가 평범한 건가

하는 의문이 들었다.

내가 놀랐던 것이 또 하나 있었다. 그녀는 자칫 무모해 보일 정도로 커다란 열정을 갖고 있었다. 장군이와 함께 강원도, 제주도에 이어 스위스 몽블랑을 다녀오고도 올해는 미국을 일주할 예정이란다. 어떻게 그런 대담한 결정을 할 수 있었는지 물었다. 그녀는 꽤 오랜 시간 망설이다가 대답했다. "어떻게 하는 거냐고 물어본다면…… 잘 모르겠어요. 그냥 하면 돼요. 그냥 하고 싶으니까 위험을 감수하는 거예요." 그래, 사실은 내가 너무 안전하게 살아왔을지도 모르겠다.

인터뷰 도중에 울컥했던 순간이 있었다. 아마도 대형견과 여행한다는 것이 쉽지만은 않았을 터다. 여행지에 따라 반려견과 관련된 규정과 제한사항을 찾아보고, 예방접종이나 안전장치도 철저하게 준비해야 한다. 가장 힘든 건 주위 사람들의 반응이다. 모두가 동물을 좋아할 수 없겠지만, 반려견과 한 공간에 있다는 이유로 대놓고 불만스러운 말을 듣거나 불합리한 대우를 받을 때는 속상하다고 했다. 그래서일까. "장군이는 비행기에 잘 탔어요. 걱정하지 마세요"라는 항공사 직원의 사려 깊은 한 마디에 울음이 터졌단다. 아마도 그동안의 서러움과 고마움이 동시에 와락 쏟아졌으리라. 그 말을 하는 인터뷰이의 눈에 다시 눈물이 고였다.

인터뷰를 마치고 아쉬움이 밀려왔다. 그녀의 삶의 태도를 담아내기에는 내 글 실력이 부족하다고 느꼈다. 내가 보고 느낀 것을 그대로 전하고 싶었다. 그녀의 용기와 열정, 그리고 그 속에 담긴 수많은 감정을 남기고 싶었다. 시간이 지나도 그 순간의 감동을 잊지 않도록 모두 기록하고 싶었다. 목소리는 녹음하고 말은 받아쓸 수 있지만, 그 표정과 얼굴색, 눈물과 떨림은 어떻게 생생하게 담아낼 수 있을까. 인터뷰가 끝난 후에도 여운이 남아 한참 동안 그 자리에 앉아 있었다. 단순한 글을 넘어, 마음의 울림을 전할 수 있는 사람이 되고 싶다고 생각했다. 내 앞에 펼쳐진 세상은 여전히 넓었고, 나는 그 속에서 무수히 많은 이야기를 마주할 준비를 하고 있었다.

자기
자신이 되는
질문

언젠가 좋은 인터뷰란 어떤 것이냐고 물었을 때 "나도 몰랐던 나에 대해 알게 되는 질문을 받는 것"이라고 답한 사람이 있었다. 그녀는 에세이 작가였는데, 자기 자신에 대해 그렇게나 깊이 생각하고 되짚어보고 글로 정리하는 사람마저 새로운 면을 발견하게 만드는 질문이란 도대체 어떤 것이었을까 궁금했더랬다.

그동안 다양한 사람들을 인터뷰해왔다. 바둑 기사, 유튜버, 포토그래퍼, 여행가, 작가, 서점 주인, 아나운서 등등. 그리고 그들에게 나름대로 좋은 질문을 했다고 생각한다. 내가 생각하는 좋은 질문이란 복잡하고 세련된 질문이 아니라, 조금 어수룩하고 평범하더라도 피상적인 관계에서 한층 더 깊이 내려가 내면을 들여다보게 만드는 질문이다. 인터뷰 경험이 쌓이다 보면 좋은 질문들이 생긴다. 누구를 만나든 이 질문을 통해 상대방으로부터 신선한 이야기들을 이끌어냈고, 그 사람에 대한 나의 호기심을 자극하기에 매번 성공했다. 그 중 몇 가지를 소개한다.

첫째는 '자기소개'에 대한 질문이다. 자신의 인생을 몇 마디로 축약한다는 건 결코 쉽지 않다. 수많은 사건들을 생략하고 가장 중요한 항목만을 남긴 것이 자기소개다. 혹은 크게 고민하지 않았더라도 자기소개말은 자기 인식에 대한 언어들로 구성된다. 나는 인터뷰를 시작하면 가장 먼저 자기소개를 부탁한 뒤에, 왜 자신을 그렇게 소개하는지에 대해 꼭 질문한다. 그러면 자신의 정체성에 대한 지난 고민들을 자연스럽게 다루게 되고, 자기소개 자체보다도 그 사람에 대해 더 잘 알게 된다.

둘째는 '원동력'에 대한 질문이다. 즉, '당신을 움직이게 만드는 힘은 무엇인가'에 질문이다. 나 또한 자주 받는 질문이기도 하고, 열정적인 사람을 만나면 늘 묻고 싶은 질문이기도 하다. 동기에 대한 질문은 특히 '왜'라는 단어가 자주 쓰인다. 왜 그 일을 시작하게 되었고, 왜 지금까지 포기하지 않았으며, 왜 앞으로도 계속할 수밖에 없는지 집요하게 묻게 된다. 어떤 일을 꾸준히 해내고, 그만큼의 어려움을 극복해낸 사람들이라면 이 질문에 대한 고유한 이야기를 지니고 있다. 그런 이야기를 들으면 나까지도 가슴이 뜨거워지고 새로운 용기가 솟아오른다.

셋째는 '꿈'에 대한 질문이다. 대부분의 사람들이 꿈이 없다는 걸 알고 있다. 그럼에도 나는 언제나 꿈에 대해 묻는다. 어떤 사람을 알아가는 데 그 사람이 지나온 과거보다는 앞으로 나아갈 미래가 그 사람을 더 잘 설명한다고 생각하기 때문이다. 게다가 좋은 사람을 만나면 그 사람의 앞날이 궁금해진다. 현재 무엇을 열망하고 있는지, 앞으로 어떤 변화를 맞이하게 될지 기대하고 응원하게 된다. 혹은 정해진 목표나 꿈이 없다면 왜 없는지도 묻는다. 꿈에 대해 이야기하다 보면 정해지지 않는 미래를 대하는 저마다의 태도를 배우게 된다.

이런 질문들은 멋이 없을 정도로 기초적이고 수수하지만 충분히 자신을 살피고 더욱이 자신이 되도록 만든

다. 그런데 우리처럼 평범한 사람들은 이렇게 좋은 질
문으로 구성된 인터뷰를 만날 기회가 별로 없다. 그래
서 일상에서 나누는 진지한 대화들이 중요하다. 나의
본질적인 고민을 함께 나눌 수 있는 사람, 요즘 나를 움
직이게 만드는 힘이라든지 오래도록 간직하고 있는 꿈
에 대해 대화를 나눌 수 있는 사람이 곁에 있어야 한다.
스스로를 재발견하는 일은 주로 타인의 질문을 통해서
이루어지기 때문이다.

록스타를
추모하는
방식

종종 무언가를 놓치고 있는 기분이 든다. 열정이랄까, 예전처럼 무언가에 마음을 쏟거나 몰입할 만한 힘이 사라졌다는 느낌이었다. 화와 울분은 사라지고 울적함만이 나의 무드를 지키고 있었다. 무엇이 바뀌었을까, 곰곰이 생각해보니 아무래도 사라진 건 '호기로움'인 것 같다.

삶이 무료하게 느껴질 때마다 생각나는 친구가 있다. 나와는 정반대의 성격을 지닌 친구로 자기 확신이 강하고 타인의 눈치를 별로 살피지 않았다. 우리는 대학 시절, '세월호 사건을 다루는 언론의 태도'를 주제로 발표를 준비하며 가까워졌다. 나는 그저 과제로 접근한 반면, 그 친구는 발표를 준비하며 한탄하기도 하고 격분하기도 하고 고양되기도 했다. 세상사에 무신경했던 나는 그 친구를 보면서 '이런 태도로 살아가는 사람도 있구나'라고 생각했다.

졸업 후 우리는 문득 연락해서 만났다. 그날은 록밴드 '린킨파크'의 보컬, 체스터 베닝턴이 사망한 다음날이었다. 자살이었다. 우리는 청소년 시절을 린킨파크의 음악과 함께 보냈다. 괴로운 가사, 울부짖는 듯한 목소리, 가슴을 울리는 드럼과 기타 사운드는 세상 모든 것이 답답했던 그 시절 소년의 마음을 해소해주었다. 그들의 음악은 혼란한 시기를 엇나가지 않고 무사히 지날 수 있도록 도와주었다. 그런 이야기를 우리는 한참 동안 나누었다.

우리는 점심을 먹고, 무언가에 홀린 듯 충동적으로 어느 LP 바를 찾았다. 이른 시간이어서 그런지 손님이 없었다. 우리는 버드와이저를 한 병씩 주문하고, 린킨파크의 음악을 종이에 적어 신청했다. "저희는 발라드를 주로 트는데요." 사장님은 조금 곤란한 듯 말했다. 그러자 친구가 진지하게 말했다. "사장님, 부탁드립니다. 이 밴드의 보컬이 어제 죽었습니다. 저희는 그 사람을 추모하고 싶어서 온 거예요." 사장님은 몇 초간 우리의 진지한 눈을 보더니, 곧이어 알겠다고 말했다.

이윽고 거대한 스피커를 통해 린킨파크의 음악이 흘러나왔다. 강렬한 도입부와 기타 리프에 이어 체스터 베닝턴의 목소리가 홀을 울렸다. 노래가 바뀔 때마다 우리는 감탄하기도 하고, 한탄하기도 하고, 고양되기도 했다. 지구 정반대에 있던 록가수를 우리는 그렇게 추모했다. 한 번도 만난 적은 없지만 우리의 삶에 영향을 준 사람이었다. 만약 이 사실을 그에게 좀 더 일찍 알려줬다면 그의 죽음을 막을 수 있지 않았을까. 우리는 그런 생각을 하면서 조금은 울적한 기분으로 남은 맥주를 마셨다.

나는 지금도 세상에 무감각해질 때쯤 그날의 일을 떠올린다. 이제는 흐릿해진 감각. 그것에는 무언가 영화적인 면이 있었다.

운전의
태도

(I)

기어코 운전대를 잡고 말았다. 나는 지난 15년간 '장롱
면허'였다. 운전면허는 땄지만 운전은 하지 않았다는
뜻이다. 사실 서울살이를 하면서 운전의 필요성을 거의
느끼지 못했다. 지하철과 버스가 있으니 굳이 큰돈을
들이거나 정신적 스트레스를 받을 필요가 없었다. 어쩌
면 평생 운전하지 않아도 되겠다는 생각을 했었다. 하
지만 아이가 태어나고 아이와 대중교통을 이용한다는
게 얼마나 고된 일인지를 체험한 순간, 나는 즉시 운전
능력 소생 프로젝트에 돌입했다.

(2)

나는 수능 시험을 치르자마자 운전면허를 땄다. 열아홉
살의 내게 운전면허는 어른이 되었다는 증거처럼 느껴

졌다. 그렇게 어른이 된 나는 호기롭게 아버지의 검은
색 승용차를 몰고 도로에 나섰다. 그리고 그날 사고를
냈다. 좁은 골목 반대편에서 오는 차를 피해 가다가 오
른쪽 벽에 범퍼를 긁은 것이다. 끼이익 하는 거칠고 섬
뜩한 소리가 아직도 잊히지 않는다. 초보 운전자로서는
충격적인 사건이었다. 그 이후로 나는 15년간 운전대를
잡지 않았다. 운전면허는 신분증이 하나 더 생겼다는
효익만을 남겼다.

(3)

운전을 처음부터 배워야 했다. 그래서 일주일간 운전
연수를 받았다. 자동차에 있는 여러 버튼을 하나씩 익
혀가고, 액셀과 브레이크의 감도에 적응하고, 도로의 언
어를 익히고, 후면 주차를 연습하면서 자동차와 호흡을
맞춰갔다. 처음에는 목과 허리가 아플 정도로 크게 긴
장했지만, 결국 교통 규칙과 에티켓만 지킨다면 두려울
것이 없다는 걸 알게 되었다. 15년간 세상의 이치를 조
금이나마 경험해본 탓일까. 주행 연습을 시작한 지 한
달쯤 되었을 때 운전이 익숙해졌고 어디든 망설임 없이
다녀올 만한 용기가 생겼다.

(4)

운전을 하다 보면 위험한 순간들을 만난다. 한 번은 내 앞으로 무리하게 끼어든 차가 있었다. 나는 조금 놀랐고 저런 방식으로 운전하는 사람은 도대체 누구인지 얼굴이라도 꼭 한 번 봐야겠다는 생각이 드는 찰나였다. 그때 앞차의 비상등이 두 번 깜빡였다. 미안하다는 뜻이었다. 화가 눈 녹듯이 가라앉았다. 그리고 '아이고, 뭔가 급한 사정이 있었나 보다'라는 마음이 들었다. 비상등 버튼을 누르는 그 작은 행동 하나에 사람의 감정이 이토록 바뀌다니, 나 스스로도 놀랐다. 곧이어, 감사함이나 미안함을 제대로 표현할 줄 모르는 나의 건조함을 반성하게 되었다. 요즘은 이런 사소한 배려들이 나의 감수성을 건드린다.

(5)

'운전'과 '어른'은, 자격을 얻기는 비교적 쉽지만 잘하기는 무척 어렵다는 공통점이 있다. 나는 운전할 때마다 되도록 여유를 가지고 양보하려고 노력한다. 아직 초보 운전자라서 그렇기도 하지만, 이것이 내게 주어진 일종의 성숙도 테스트처럼 느껴지기 때문이다. '이런 상황에서도 평정심을 유지하고 다른 사람의 입장을 생각해줄 수 있겠어?'라고, 세상이 내게 넌지시 던지는 질문이라고 할까. 그래서 그런지 한 번 양보를 할 때마다 인내심의 총량이 마치 마일리지처럼 쌓이는 기분이 든다. 거친 경적 소리에도 흔들리지 않고, 조금 더 빨리 가겠다는 조급함도 내려놓고, 그저 안전하게 목적지에 도착하기만 하면 아무 문제가 없다고 스스로 다독이면서. 운전을 할 때마다 좋은 어른이 되고 싶다고 생각한다.

복싱이
가르쳐준
것들

가끔 공원을 산책하거나 자전거를 타는 정도로 가벼운
운동만 즐기던 내가 요즘 복싱에 푹 빠져 있다.

나는 폭력적인 사람은 아니다. 살면서 제대로 싸워본
적이 없다. 몸싸움뿐만 아니라 말로도 거의 싸워본 적
이 없다. 상대를 향한 무자비한 분노, 날카로운 눈빛,
그 사이에 흐르는 무겁고 불편한 공기. 나는 태생적으
로 그런 것들이 너무너무 싫었다. 싸우고 나서 다시 화
해해야 하는 그 어색한 순간도 싫다. 그래서 싸울 조짐
이 보이면 내가 먼저 피해왔다. 그 덕분에 어떤 상황에
서든 감정을 숨기고 자존심을 버리고 한 발짝 물러서는
법을 익혔다.

하지만 복싱은 다르다. 감정을 제거한 채 싸울 수 있다.

정해진 시간 동안, 정해진 규칙 안에서 싸운다. 종이 울리면 오로지 서로를 쓰러뜨리는 일에 집중한다. 상대의 움직임을 읽고 예측하며 그 사이로 주먹을 밀어 넣는다. 거칠게 숨을 내쉬고 어깨가 찢어질 듯한 고통을 참아가며 펀치를 날린다. 하지만 다시 종이 울리고 시합이 끝나면, 두 사람은 언제 그랬냐는 듯 서로를 끌어안고 등을 두드린다. 그리고 "당신과 싸울 수 있어 영광이었습니다"라고 말한다. 나는 이 감동적인 순간을 무척이나 좋아한다.

그런 이유로 언젠가부터 나는 모든 격투기 경기를 챙겨보기 시작했다. 그러면서 선수들에 대한 존경심이 자연스럽게 생겨났다. 하지만 직접 링 위에 올라가고 싶다는 마음은 없었다. 그들은 나와 전혀 다른 부류의 사람들이었기 때문이다. 김연아 선수나 손흥민 선수를 보는 것과 같았다. 그저 그들의 아름다운 움직임을 감상하고 감탄하는 것이 나의 역할이었다.

격투기 팬이 된 지 3년쯤 되었을 때였다. 아내가 문득, 집 근처에 복싱을 배울 수 있는 곳이 있다며 일러주었다. 그때만 해도 나는 시큰둥했다. 그곳은 내가 속한 세계가 아니었으니까. 그런데 아내가 먼저 복싱 체육관에 등록을 하더니 너무나 즐겁게 다니기 시작했다. 좀처럼 보지 못한 활력이 느껴질 정도였다. 몇 개월 지나 아내는 내게 다시금 권유했고, 나는 마지못해 그러면 딱 3개월만 해보겠다며 받아들였다.

'알고 보니 나는 복싱에 엄청난 재능이 있었고 아주 짧은 시간에 복싱의 모든 기술을 완벽하게 습득했다' 같은 일은 일어나지 않았다. 오히려 나는 운동신경이 없음을 확인했다. 모든 동작은 어설프고 둔했다. 분명 머리로는 되는데 몸이 말을 듣지 않아 답답한 날들이 오래도록 이어졌다. 그러나 나에게는 버틸 만한 이유가 있었다. 복싱 선수들에 대한 존경과 선망 때문이었다. 그들처럼 링 위에서 멋지게 빛나는 사람이 되고 싶다는 바람이 나로 하여금 포기하지 않게 이끌었다. 빠지지 않고 꾸준히 나가 운동을 하다 보니, 뭉툭한 나무 방망이를 조금씩 깎아내는 것처럼 복싱 실력도 점차 형태를 갖추어지는 걸 느낄 수 있었다.

그러던 어느 날, 전 프로 선수인 트레이너와 생애 첫 스파링을 하게 되었다. 복싱에 조금은 자신감이 붙어가던 때라 기대 아닌 기대도 했다. 큰 키와 긴 팔을 최대한 이용하자. 무조건 거리를 벌리고 멀리서 때리자. 그것이 나의 계획이었다. 처음에는 잘 먹히는 듯했다. 그러나 곧이어 "누구나 그럴싸한 계획은 있다. 두들겨 맞기 전까지는"이라는 타이슨의 명언이 실현되었다. 두려웠다. 정말이지, 돌덩이가 날아오는 기분이었다. 한 대 때릴 때마다 두세 대씩 맞았다. 그것도 온몸 구석구석으로 마구마구. 보이지 않는 주먹에 맞으니 정신이 없었다. 그러다 왼쪽 복부를 크게 맞았을 때는 눈앞이 깜깜해졌다. 숨이 안 쉬어지더니 다리가 멈추었다. 아, 지금까지 내가 한 건 놀이였구나. 아찔했다.

누군가를 때린다는 것은 또 얼마나 어려운 일인가. 살면서 얼굴을 몇 대 세게 때려주고 싶은 사람들은 참 많았다. 그런데 만약 그들이 "괜찮으니까 한번 세게 때려보세요"라며 얼굴을 들이민다면, 나는 망설임 없이 주먹을 날릴 수 있었을까. 아마 그러지 못했을 것이다. 물리적으로는 전혀 어려운 일이 아니다. 다만 사회화 과정을 거치며 아주 겹겹이, 단단하게 쌓인 도덕의 벽이 세워진 것이다. 그런데 그 거대한 벽이 내가 주먹을 맞는 순간 쉽게 무너졌다. 저 사람을 내가 최대한 세게, 그것도 아주 정확하게 때려야겠다는 충동이 번쩍 들었다. 그런 느낌은 처음이었다.

하지만 의지가 있다고 해서 모두 가능한 건 아니었다. 나는 저 사람을 때리고 싶은데 저 사람도 나를 때리니까. 답답했다. 두려웠고 무서웠지만, 동시에 초라하게 지고 싶지 않았다. 그런 뜨거운 감정들이 폐 속에서 소용돌이쳤다. 아무튼 나는 4라운드까지 버텼다. 아니, 버텼다기보다는 도망갈 곳이 없었다. 그것이 링에 올라간 자의 숙명이었다. 내게는 흰 수건을 던져줄 사람도 없었으니까. 마지막에는 남은 힘을 쥐어짜서 주먹을 날렸다. 워낙 정신이 없어서, 내가 때리고 있는지 맞고 있는지도 분간할 수 없었다.

종이 울리자 우리는 서로를 끌어안고 등을 두드렸다. 나는 "감사합니다. 많이 배웠습니다"라며 정중하게 인사했다. 내가 복싱을 사랑했던 이유, 바로 그 순간에 내가 있었다. 이로 인해 나는 계속 복싱을 하게 되겠구나 하는 생각이 들었다. 패배는 피 맛이 났다. 아마도 입술이 터진 모양이었다. 오른쪽 턱에도 통증이 있었다. 하지만 왠지 그런 것들은 정말 아무것도 아니라고 생각되었다. 오히려 기분이 좋았다. 나는 바닥에 주저앉아 가쁜 숨을 몰아쉬었다. 아드레날린, 도파민, 그런 것들이 내 몸 안에서 솟구치는 게 느껴졌다. 그리고 소년만화에서나 나올 법한 문장을 머릿속에 떠올렸다. '더 강해지고 싶다.'

복싱이 매력적인 이유는 여러 가지다. 단순한 규칙 속의 복잡한 수싸움, 개성 있는 스타일과 화려한 기술, 링 위에 홀로 서 있는 고독함, 영화 같은 반전, 끝내 서로의 등을 두드리고 미소를 짓는 것. 그 중에서도 내가 복싱을 계속하는 이유는 결국 살아 있음을 느끼기 때문이라고, 그런 생각을 해본다. 우리는 모두 저항할 때 살아 있음을 느낀다. 나를 무너뜨리려는 모든 것들로부터 맞서야 할 때 숨겨진 힘이 발휘된다. 그렇게 보면 복싱은 삶에 대한 일종의 모의 훈련이라고 할 수 있다. 그렇기에 우리는 서로의 등을 두드릴 수 있다. 링 위에 올라선 모두가 각자의 대결에서 자기 자신을 지키기 위해 단련하는 동료들이기 때문이다. 이것이 내가 생각하는 복싱의 즐거움이다.

그렇게
나아갈
것

(I)

나에게 주어진 지면을 오직 나의 이야기로만 채운다는
것에 대해 부끄러움을 느낄 때가 있다. 물론 내밀하고
어설픈 면을 드러낸다는 점에서도 그렇지만, 무지할 정
도로 타인의 사정에 관심이 없는 사람이 되어간다는 점
에서 더 그렇다. 오직 나의 상실, 나의 사랑, 나의 슬픔,
나의 고통, 나의 외로움, 나의 근심에만 매달려온 것은
아닐까, 하는 생각이 드는 것이다.

행동가, 실천가의 이야기를 들을 때 더욱 낯부끄러워진
다. 세상에 대해 분명한 태도를 지니고 그 태도에 자신
이 가진 모든 힘을 쏟아부으며 더 나은 세상을 만들려
는 사람들의 이야기는 나를 거북하게도 만들었다. 분명
하지 못한 태도와 변화의 가능성을 애써 외면해왔던 나

의 미흡한 사상이, 맨몸으로 거리에 나앉은 사람처럼 창피하게 느껴지고는 했다.

나는 여태껏 내 존재를 붙들고 서 있는 데만 해도 충분히 괴로웠다고. 겨우 여기까지 다다르고 나서야 다른 사람의 처지를 바라볼 여유가 생겼다고, 지금껏 그렇게 스스로를 변호해왔는지도 모르겠다. 그러나 그것은 사실이 아니라는 걸 나는 이미 알고 있었다. 그것은 그저 자의식 과잉이었을 뿐이었다.

(2)

오늘은 급히 옮겨야 할 짐이 있어 용달 트럭을 불렀다. 크고 작은 상자를 실었고, 목적지까지 동석하게 되었다. "휴일에도 일하시느라 고생이 많으십니다." 조수석에 앉은 내가 말했다. "저 같은 사람은 쉬면 허리가 아파요. 일하는 사람은 일을 해야 몸이 안 아파요." 기사님은 시원시원하게 대답했다.

기사님은 자신을 20년째 용달업을 해온 베테랑이라고 소개했다. 그는 서울 시내에서 자신이 가보지 않은 동

네가 없노라고 자랑스럽게 말했다. 텅 빈 도로를 달릴
때 가장 기분이 좋다고, 그는 자신이 20년 넘게 해온 일
을 그렇게 평했다. 우리는 도로를 달리며 일과 삶에 대
해 이야기를 나누었다.

"얼마 전에 떡을 잔뜩 실은 적이 있어요. 이 차에 450킬
로미터까지만 실을 수 있는데, 아마 600킬로미터쯤 올
렸나 봐요. 가는 도중에 차가 멈춰버린 거예요. 그때 참
곤란했죠. 450킬로미터 실을 수 있는 차에는 450킬로미
터까지만 실어야 한다는 걸 나는 그때 안 거예요."

나는 그의 말이 나에게 해주는 위로라고 생각되었다.
감당할 수 있는 무게만큼만 지고 갈 것. 그 이상을 짊
어지려고 하지 말 것. 내가 할 수 있는 일을 하면서, 내
가 할 수 없는 일은 놓아주면서 그렇게 나아갈 것. 이토
록 단순하고도 당연한 사실을 우리는 쉽게 놓치며 살아
간다. "그것 참 맞는 말씀이십니다." 나는 창밖을 바라
보며 혼자 중얼거렸다. 한강이 햇살에 반짝이고 있었고
이름 모를 대교를 지나고 있었다.

(3)

때로는 남들과 비교하면서 나 자신의 가치를 의심하게 되지만, 그런 순간마다 나는 나만의 길을 떠올린다. 나의 길은 다른 누구의 길과도 다르고, 그것이 바로 나의 독특한 색깔을 만든다. 내 능력과 한계를 인정하면서도, 그 안에서 최선을 다할 때 비로소 나는 진정한 만족을 얻을 수 있는 것이다. 그러니 다른 사람들의 성과나 삶의 방식에 흔들리지 않고, 내 방식대로 천천히, 그러나 확실하게 나아가는 것이 중요하다.

내가 걸어온 길이 나를 만들어왔듯이, 내가 걸어갈 길도 나를 더욱 빛나게 할 것이다. 나는 오늘도 나의 길을 따라 묵묵히 앞으로 나아가고 있다.

지 중 해 의
섬 에 서
보 내 는 편 지

그럴 때가 있지 않나요. 바로 오늘 일어난 일인데도, 꿈처럼 아득히 멀게 느껴질 때 말입니다. 내게는 이곳의 하루하루가 그렇습니다. 조금이나마 내가 느낀 감정을 당신에게 전해주고 싶어 이 편지를 쓰고 있습니다.

여기는 어느 지중해 섬입니다. 햇빛은 유난히 따뜻하고 풀들은 천천히 흔들리는 곳입니다. 어느 곳을 둘러보아도 투박한 돌산을 볼 수 있습니다. 라임스톤을 사용했다는 코끼리 엄니 색 건물들은 언제 보아도 새로웠습니다. 나는 매일 아침 이 풍경을 마주할 때마다, 내가 어디서부터 어떤 여정을 거쳐서 이 도시에 남게 되었는지를 되짚어봐야만 했습니다.

오후에는 낯선 골목을 산책했습니다. 성벽을 따라 걸으

며 낡은 간판을 읽고 가게에 들러 맥주를 마셨습니다. 나는 오래된 돌담에 몸을 기대어, 바다와 선착장과 오래된 교회를 사랑했습니다. 나는 이 섬에서 다시금 바다를 좋아하는 이유를 떠올립니다. 바다는 가까이서 보면 수많은 높낮이가 있습니다. 그러나 멀리서 보면 그것들은 한데 모여 꼭 한편으로 향하고 있습니다. 나는 그것이 살아가는 일과 닮아 있어서 오랫동안 바라보기를 좋아합니다.

한 번은 보트를 타고 먼바다로 나갔습니다. 저 멀리 지층이 새겨진 거대한 절벽이 보였습니다. 나는 안경을 벗어둔 것으로 착각했습니다. 그 풍경이 너무 압도적이어서 한눈에 담을 수 없을 뿐이었습니다. 그런 자연의 거대함은 내 인생을 바꿀 정도는 아니지만, 어린 시절 지녔던 감각을 되살리는 것이었습니다. 나는 바다 한가운데서 〈아드린느를 위한 발라드〉의 멜로디를 떠올렸습니다. 그것은 아주 어릴 적에, 어머니가 내게 쳐주었던— 그랬다고 생각되는—피아노 연주곡이었습니다. 언젠가 어머니를 다시 만나게 된다면 이 이야기를 꼭 해봐야겠다고 생각했습니다.

이 섬은 은퇴한 노부부와 닮았습니다. 그만큼 여유로웠습니다. 여기에 머무르는 동안 '왜 우리는 열심히 살아야 할까'라는 의문이 자연스럽게 들었습니다. 사실은 이 도시처럼 그저 흘러가도 괜찮지 않겠냐는 마음이었습니다. 나는 어떠한 이룸이나 나아짐을 바라지 않고도 기뻐할 수 있는 삶을 상상해보았습니다. 그러자 '내가 원하는 대로 일이 이루어지지 않으면 내 인생은 불행한 것이다'라는 믿음이 지금껏 나를 불행하게 만들었다는 생각이 들었습니다. 그만큼 나는 이 섬이 주는 여유로움에 쉽게 길들여졌습니다. 가끔씩 울리는 성당 종소리에도 초연해질 무렵이었습니다.

이런 우화가 있다고 합니다. 어떤 사람이 개의 꼬리를 잘라야만 하는 상황이 벌어졌습니다. 그 주인은 개를 너무도 사랑한 나머지 하루에 1인치씩만 잘랐습니다. 그는 꼬리를 조금씩만 잘라서 어떻게든 사랑하는 개의 고통을 덜어주고 싶었습니다. 결국 그는 사랑하는 개에게 더 많은 고통을 안겨다주었습니다. 나는 그 고통을 이해할 수 있을 것만 같았습니다. 하루가 지날 때마다 나는 이 도시를 점점 사랑했고, 시간은 꼬리를 조금씩 잘라냈습니다.

나는 '행복'이란 단어를 좋아하지 않습니다. 너무 무분별하게 쓰여서 닳고 닳은 단어라는 생각입니다. 지금껏 대체할 만한 단어가 없어서 썼을 뿐입니다. 이제 나는 이 섬의 이름으로 대신하면 어떨까 합니다. 테라스에서 노을이 지는 바다를 바라보며 맥주를 마실 때, 또는 하루가 영원처럼 느껴질 때, 또는 어떠한 외로움이나 괴로움이 감히 나를 덮치지 못할 때, 나는 이 섬의 시간을 꺼내어 중얼거릴 것입니다. 나는 그렇게 꼬리를 1인치씩 잘라가는 이 시간들을 소중히 받아들이고 있습니다.

잃어버린 것과
얻은 것

(I)

문득 그런 날이 있다. 무언가를 잃어버렸다고 느껴지는
날. 분명 내 손에 있던 것이 어느 사이에 사라졌다는 걸
깨닫는 날. 어디에 두고 온지도 알지 못해서 그저 허망
하게 빈손을 부비는 날. 정작 잃어버린 것이 무엇인지
도 어렴풋한 날. 분명 별것 아니었을 것이라 생각해봐
도 결국 쓸쓸해지는 날. 그런 날이면 배가 고프지 않은
데도 괜히 허기가 지고 옷을 입고 있는데도 헐벗은 것
처럼 느껴졌다. 그저 알 수 없는 서글픈 마음만이 안개
처럼 내 주위를 맴돌았다.

(2)

한 번은 어느 뮤지션과의 인터뷰에서 이런 질문을 한
적이 있다.

"앨범을 낼 때마다 음악이 점점 성숙해지는 것처럼 느껴집니다. 첫 앨범을 냈을 때와 가장 최근 앨범을 냈을 때, 그 사이에 잃어버린 것은 무엇이고 얻게 된 것은 무엇일까요?"

나의 질문에 그는 탄식하며 대답했다.

"저는 이 질문이 되게 슬프게 느껴졌어요. 저는 나아진 것보다 잃어버린 것을 더 크게 느끼는 사람인가 봐요. 글쎄요. 잃은 건 너무 많은 것 같아요. 일일이 다 말할 수가 없어요. 하지만 잃은 만큼 정확하게 채워진 느낌이에요. 그게 아마 변한다는 거겠죠."

그의 말은 계속 이어졌지만, 내 머릿속에는 '잃은 만큼 정확히 채워졌다'라는 문장이 맴돌고 있었다.

(3)

문득 메모장을 열고 내가 잃어버린 것에 대해 써본다.

아주 작은 가능성에 뛰어드는 일, 내일을 생각하지 않고 노는 것, 가치를 따지지 않고 마음이 끌리는 대로 선택하는 것, 갑자기 훌쩍 떠나는 여행, 눈물, 깊이 있는 대화, 밤새 이야기 나누던 시간, 그저 바라보는 것만으로도 좋았던 사람들, 아무 걱정 없이 웃던 순간들, 두근거림, 외로움, 낭만, 꿈······.

그 시절의 나는 충동적이었고, 자유로웠다. 삶은 모험이었고, 매일이 새롭게 느껴졌다. 하지만 그와 함께 어딘가에 홀로 내던져진 듯한 기분도 항상 따라다녔다. 그래서 늘 불안했다. 그럼에도 그 모든 것이 그리운 건 그시절이 나에게 진정한 나를 느낄 수 있었던 시간이었기 때문이다.

(4)

그리고 잃어버린 것 옆에, 내가 얻은 것들을 써본다.

현실적인 선택을 하는 법, 부분이 아닌 전체를 보는 것, 미래를 생각하는 것, 내가 아닌 우리를 헤아리는 것, 어떤 말에도 다치지 않는 마음, 가족 나들이, 요리 실력, 건강, 절제, 안정, 내면의 평화, 확고한 기준, 현실에 대한 이해, 계획, 책임감, 지속 가능한 관계······.

지금의 나는 신중하고, 현실적이다. 예전처럼 충동적으

로 무언가를 선택하는 대신, 깊이 생각하고 계획한다. 그렇게 얻은 안정감은 나를 더 단단하게 만들어주었다. 이전의 무모함이 주었던 설렘과 두근거림이 지금의 평화 속에서는 사라져버린 듯하다. 하지만 가족과 함께하는 시간, 건강을 지키기 위한 노력, 그리고 지속 가능한 관계들 속에서 다른 종류의 기쁨을 찾고 있다.

(5)

좋게 보면 단단한 사람이 되었고, 나쁘게 보면 지루한 사람이 되어버린 것 같다. 하지만 좋게 보려는 마음이 없다면 어떤 것이든 좋아 보일 수는 없을 것이다. 예를 들어 무뎌졌다는 건 예민한 감각을 잃은 것이기도 하지만, 이전과 달리 어떤 상처와 불안에도 견딜 만한 힘이 생겼다는 것이기도 하다.

잃어버린 것과 얻은 것 사이에 나의 삶은 계속 흘러간다. 나는 그 사이에서 겨우 균형을 맞추며 조금씩 나아가고 있다. '잃은 만큼 정확히 채워진다'고 생각하면 언제나 내 곁을 맴도는 서글픈 마음도 조금은 가라앉는 듯하다.

인 생 의

불 완 전 함 을

연 습 하 며

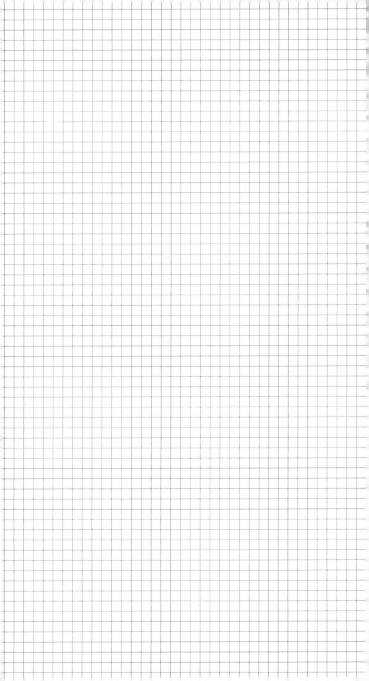

연약하게
흔들리는
사람

대만 타이베이 얼얼바 평화공원의 어느 벤치에 앉아 있다. 그늘 아래서 서늘한 바람을 느낀다. 청설모들이 바로 옆으로 두려움 없이 다가온다. 내게 먹을 것이 없는지 묻는 듯했다. 그동안 미뤄두었던 책을 꺼내 읽었다. 나뭇잎 사이로 떨어지는 햇빛에 비추어 읽었다. 어느 문장에서 읽기를 멈췄다. 그리고 나의 지난 잘못과 앞으로의 삶을 떠올려본다. 둘 다 손댈 수 없는 일이었다. 부질없다는 걸 알지만, 잘못은 후회로 삼키고 미래는 막연히 다짐해볼 뿐이다. 호텔에서 커피를 마시고 나왔지만 나른해졌다.

다시 호텔로 돌아가는 길이었다. 살이 오른 흰색 개가 길가에 누워 있었다. 중년 여성이 살갑게 손을 내밀었다. 얌전하게 누워 있던 개는 이빨을 드러내며 으르렁

거렸다. 그 앞에는 노숙자가 쓰레기통을 식탁 삼아 점심식사를 하고 있었다. 조금 가다 보니 한 남자가 머리를 바닥에 박으며 돈을 구걸하고 있었다. 만약 운명이란 것이 있다면, 내가 마주친 이 장면들은 내게 어떤 말을 하고 싶었던 것인지 고민하게 됐다.

그날부터 이틀 동안 나는 하루 종일 호텔방에서 나가지 않았다. 문고리에는 'Do Not Disturb(방해하지 마시오)'라는 팻말을 걸어놓았다. 방 청소를 하지 않아도 괜찮겠냐는 프런트 데스크의 연락에 나는 괜찮다고 답했다. 창문은 커튼이 드리워진 채였다. 방 안에 모든 게 있었다. 물과 커피, 화장실과 침대, 휴대전화와 책. 그것이면 충분했다. 한심했다. 저 바깥에는 내가 모르는 세상이 있다. 저렴한 호텔은 세계 어디를 가든 똑같은 모양이었다. 나는 타지에 와서도 내가 아는 편안함과 익숙함 속에 스스로를 가뒀다. 나는 여행 경험이 많다는 이유로 애써 합리화해보았다.

손 내밀면 내게 이빨을 보이는 것. 쓰레기통 위에서 밥을 먹고, 바닥에 머리를 박아대는 것. 새로움을 앞에 두고 스스로를 가두는 것. 그 두려움을 비겁한 핑계로 가리는 것. 사는 게 그런 것이라면, 내가 글을 쓰고 책을 읽고 사랑을 하는 일이 대체 어떤 소용이 있는 걸까. 이런 별것 아닌 사건들에서 존재의 허망함과 허무주의를 실감하는 나는 얼마나 연약하고 부서지기 쉬운 존재인가.

어제는 지구가 평평하다고 믿는 사람들의 이야기를 보았다. 너무나 확신에 차 있어서 어떤 증거 자료를 접해도 흔들리지 않았다. 감히 비웃을 수 없었다. 나 또한 지금껏 얼마나 많은 잘못들을 진실이라 믿으며 살아왔을까. 지금껏 얼마나 내 앞에 보이는 명백한 것들을 무시한 채 나의 미련한 고집대로 살고 있었을까. 나는 과연 무엇을 믿고 살아가고 있는가. 그 믿음이 얼마나 허술하고 흔들리기 쉬운 것인가. 타이베이의 거리에서 마주친 장면들이 내게 새로운 질문을 던졌다. 아직 답을 찾아가고 있다.

나의
고향
강릉

강원도 강릉은 나의 고향이다. 그곳에서 태어나지는 않았지만, 강릉은 분명 나의 고향이다. 초등학교 5학년부터 군 시절까지, 나의 인격은 대부분 그곳에서 형성되었다. 문득 떠오르는 그리운 마음도 그곳을 향해 있다.

강릉은 대관령과 동해 사이에 있는 도시다. 시내에는 남대천이 가로지르고, 시내를 벗어나면 산과 바다를 쉽게 볼 수 있다. 어디서든 바닷바람을 맞을 수 있고, 높은 건물이 없어서 탁 트인 하늘을 올려다볼 수 있다. 무엇보다도 인적이 드물었다. 휴가철을 제외하면 도로는 한산했고 어느 가게에 가든 줄 서는 일도 없었다.

초등학교 시절, 인천에서 강릉으로 이사 왔다. 나는 싫었다. 시골이라는 생각에 친구들과 어울리기 힘들 것이라 생각했다. 하지만 강릉은 대도시는 아니었지만 시골도 아니었다. 전학 첫날에는 사투리를 대부분 알아듣지 못했다. 하지만 나는 마음에 맞는 친구들을 만나 빠르게 적응했다.

고등학교 시절, 우리의 목표는 대관령을 넘어가는 것이었다. 어디든 강릉만 벗어나면 된다. 그것이 우리가 가진 유일한 소망이었다. 태백산맥이라는 물리적 장벽은 우리를 갑갑하게 만들었다. 나는 입시에 성공했다. 뒤도 돌아보지 않고 서울로 떠나왔다.

이윽고 군 생활을 위해 강릉으로 돌아왔다. 그 사이에 바뀐 건 없었다. '할머이'처럼 '시나매' 흐르는 도시였다. 나는 빨리 서울로 올라가고 싶었다. 모든 게 느리게 흘러가는 도시에서 마음 급한 건 나뿐인 듯했다. 군을 전역하고 나는 서울에서 줄곧 지냈다. 이방인인 듯, 여행자인 듯 서울 이곳저곳을 옮겨 다니며 지낸 것이 어느덧 10년이다. 이제는 강릉에서 지낸 날보다 서울에서 지낸 날이 더 많아졌다.

내가 과거를 그리워하는 사람이 아니라고 말할 수 있을까. 그리운 장소와 기억이 있다는 건 좋은 일이다. 다만 그리움이 너무 깊으면 향수병이 되겠고, 너무 얕으면 공허해질 것이다. 친구들과 삼겹살을 구워 먹던 남대천 제방, 노부부가 운영하던 메밀 전집, 아버지와 동생과 때를 밀던 해수목욕탕, 학교 급식소 가는 길에 펼쳐진 해송(海松) 숲, 다섯 개의 달이 뜬다는 경포 호수, 만남의 장소였던 신영극장, 나를 너무나 예뻐해주었던 럭키문방구 아주머니, 헛헛한 마음을 달래려 혼자 맥주를 마시던 한라아파트 놀이터, 그토록 싫어했던 찝찔한 바다 내음까지도. 서울에 살다 보면 그런 그리움이 종종 폭력적으로 나를 휘감고는 했다.

다른 사람에게
지우개를
쥐어주지 말자

초등학생 때 나는 어느 작은 화방에서 미술을 배웠습니다. 그 화방은 무명의 화가 부부가 운영하는 곳이었습니다. 하루는 정물을 그렸습니다. 나는 한 시간에 걸쳐 그림을 완성한 뒤 화가 선생님께 보였습니다. 선생님은 나의 어줍은 그림을 훑어보았습니다. 나는 긴장감에 침을 꿀꺽 삼켰습니다. 그때였습니다. 그는 커다란 미술용 지우개로 나의 그림을 모두 지우기 시작했습니다. 나는 그 광경을 충격적으로 지켜봤습니다. 선생님은 그 위로 정물을 다시 그렸습니다. 선생님이 그린 그림은 너무도 완벽했습니다. 그러나 나는 눈물을 흘릴 수밖에 없었습니다. 그것은 내가 그린 그림이 아니었기 때문입니다.

나는 아직도 그 일을 생생히 기억합니다. 그런데 어쩌면, 나도 그와 같은 행동을 하고 있는 건 아닌지 두려울 때가 있습니다. 지우개로 다른 사람의 그림을 지우고 내 눈에 완벽해 보이는 그림을 그리고 있지는 않은지 말입니다. 그건 무의식적으로 너무나 빠르게 일어나는 일이라서 나조차도 눈치채지 못하고 있는 건 아닐까, 생각합니다. 만약 그렇다면 누군가에게는 도움이었겠고, 누군가에게는 아픔이었을지도요.

문제는 그 대상이 자기 자신일 때입니다. 초등학생에게 완벽한 그림을 바라지 않듯 누구도 나에게 완벽한 글을 바라지 않았지만, 그런 사람이 있다면 그건 무엇보다도 나였습니다. 꼭 글뿐이겠습니까. 나에게 모든 면에서 완벽함을 요구해왔던 사람도 나였습니다. 오른손에는 지우개를 왼손에는 연필을 쥔 채 살아온 것입니다.

나는 인생이라는 이름의 불완전함을 연습해온 것일지도 모르겠습니다. 완벽함을 추구하면서 나 자신을 잃어버리고, 그것을 되찾기 위해 다시금 불확실한 길을 걷는 것입니다. 어쩌면 그 끝에는 내가 진정으로 원하는 것이 있을지도 모른다는 마음으로, 그저 묵묵히 그러나 혼란스럽게 수행해온 것입니다. 아무래도 이 연습은 앞으로도 계속될 것 같습니다. 그러니 다른 사람에게 지우개를 쥐어주지 말자, 그리고 내 손으로 지워야 할 때는 어지간히 적당해야 아름답겠다, 당분간 이런 마음으로 지내볼까 합니다.

목에
걸린
가시

살다 보니 몇 번쯤 자두 맛 사탕을 삼킨 것처럼 슬픈 순간이 찾아왔다. 앞으로도 몇 번쯤 나는 그렇게 슬퍼질 것이다. 그런 슬픔은 어찌할 방법이 없다. 눈물을 흘리며 견딜 수밖에. 녹아내리길 기다릴 수밖에.

—고수리,《우리는 이렇게 사랑하고야 만다》

열두 살 때 목에 생선 가시가 걸린 적이 있어요. 온 가족이 저녁식사를 하고 있을 때였습니다. 평소에 좋아하지도 않던 생선을 발라먹다가 그렇게 됐어요. 저는 아프다고 울음을 터뜨렸어요. 식도와 편도선 사이에서 뾰족하고 단단한 것이 느껴졌거든요.

가족들은 저마다 방법을 내놓았어요. 할머니 말대로 날달걀을 꿀떡 삼켜보기도 했고요, 고모부 말대로 밥덩이를 뭉쳐서 삼켜보기도 했습니다. 그래도 가시는 그대로였어요. 저는 더 크게 울음을 터뜨렸습니다.

결국 응급실에 갔습니다. 한바탕 난리가 난 거죠. 그런데 이게 웬일일까요. 목에 가시가 없대요. 의사 선생님이 그래요. 목에 걸린 가시가 없다고. 그저 가시가 긁고 간 자리만 남아 있대요. 그래서 편도선이 부었대요. 그러니 이만 가보아도 된다고 하네요. 저는 그제야 울음을 그쳤어요. 없는 가시에 아파할 수는 없으니까요. 그렇게 그날의 해프닝은 싱겁게 마무리되었습니다.

그런데 살다 보니까, 목에 가시가 걸린 것처럼 아픈 순간이 있더라고요. 이미 한차례 훑고 지나갔는데도, 계속 목에 걸려 있는 것처럼 아파했던 순간이 더러 있었습니다. 실은 지나간 자국만 남은 건데 말입니다. 저는 날달걀을 마시듯 술도 퍼마셔보고 밥덩이를 넘기듯 이것저것 집어먹어서 슬픔을 삼켜버리려고 애썼던 것 같아요. 아무래도 소용은 없었고요.

이제는 그러려니 하고 우습게 넘길 만큼 무뎌졌습니다.

겪어보니 자연스레 알게 된 거겠죠. 아프고 부은 건, 그저 가라앉길 기다리는 수밖에 없다는 것을. 다행히도 저는 아픔을 쉬이 보낼 줄 아는 사람이 되었습니다. 목에 가시가 걸려도 모르고 지나가버릴 사람이 되었습니다. 저는 그것이 퍽 슬프고 섭섭하기도 합니다만, 결국 그렇게 되어버렸습니다.

비가
오면
바다로 가자

그때는 몰랐지만 돌이켜보면 와 닿는 말들이 있다. 내게는 할아버지의 이야기가 그렇다. 나는 초등학교 5학년부터 할아버지, 할머니와 함께 살았다. 할아버지는 대외적으로 존경받던 분이었다고 한다. 하지만 내게는 말수가 적고 나를 사랑해주시는, 그저 나의 할아버지였을 뿐이었다.

어느 날 할아버지가 내게 물었다.

"비가 오는 날에 바다에서 수영해본 적 있니?"

"아니요. 비가 오는 날에 왜 수영을 해요. 비에 다 젖을 텐데요."

"기분이 정말 좋단다. 이왕에 비에 젖었으니까 더 기분 좋게 수영할 수 있는 거란다."

초등학생이었던 나는 그 말을 이해할 수 없었다. 그저

할아버지가 비 오는 날 바다 수영을 하시는 장면을 머릿속에 그렸을 뿐이었다. 그러나 그 말이 마음속에 깊게 남았던 모양이다. 15년이 지난 지금도 생생하게 기억하고 있으니 말이다. 지금의 나는 할아버지의 말을 이렇게 받아들인다. 바다에 있으면 비가 내리는 건 아무 일도 아니란다. 네게 쏟아질 힘듦, 괴로움, 시련도 커다란 인생에서 바라보면 오히려 즐거움이 된단다.

할아버지는 갑작스럽게 떠나셨다. 내가 학교에 간 사이에 사고가 났다. 어린 마음에 죄책감이 들었다. 학교에서 조금만 일찍 돌아왔더라면 살아 계시지 않았을까, 하고. 내가 할아버지와 함께 나갔으면 아무 일도 없지 않았을까, 하고. 내게는 할아버지의 죽음을 받아들일 시간이 없었다. 모종의 의식도 없었다. 병원에 계셨을 때도, 장례를 치를 때도 가지 못했다. 어른들은 나와 내 동생이 죽음을 마주하기에는 너무 어리다고 생각했다.

그래서일까. 오랜 시간이 지난 지금도, 내게는 할아버지가 어딘가로 여행을 떠나신 듯한 느낌이다. 마치 비가 오는 날이면 어느 외국의 바다에서 수영을 하고 계실 것만 같았다. 뭍에 있는 나를 돌아보며 "기분 참 좋다. 이리로 들어와봐라"라고 말하실 것만 같았다. 내게 할아버지는 그런 모습으로 남아 있다.

우리는
서로를
이해할 수 없겠지만

한 달 만에 할머니를 찾아뵈었습니다. 할머니는 교회에서 운영하는 요양원에 계십니다. 방문객 명단에 이름을 적고 엘리베이터로 5층에 올랐습니다. 요양보호사님이 할머니는 저 방에 누워 계신다고 일러주셨습니다.

할머니는 나와 동생을 보고 반가운 미소를 지으셨습니다. 초등학생 같은 짧은 머리를 하고 따뜻해 보이는 보라색 조끼를 입고 계셨습니다. 오늘따라 혈색이 좋아 보이셨습니다. 93세라고 믿기지 않을 정도로 깨끗한 얼굴이었습니다. 우리는 먹기 좋게 준비한 과일들을 꺼냈습니다. 할머니는 과일을 정말 좋아하셨습니다. 함께 살 때는 그 사실을 잘 몰랐습니다.

나는 할머니께 생신을 축하드린다고 전했습니다. 할머

니는 "그래, 오늘이 내 생일이야? 고맙다"라며 웃었습니다. 동생은 "혹시 우리 이름 기억나세요?"라고 물었고, 할머니는 한참 고민하시더니 나와 동생의 이름을 반대로 말하셨습니다. 그래도 우리는 모든 시간은 잊어도 우리의 이름은 여전히 기억하고 있음에 감사했습니다.

할머니가 문득 내 손을 잡았습니다. 손톱에 빨간 매니큐어가 어설프게 발라져 있었습니다. 내가 손을 마주 잡고서 "할머니, 손이 차셔요"라고 말하자, 할머니는 "늙으면 그렇지. 늙으면 그래"라고 말했습니다. 나는 문득 할머니를 생각하며 지은 시를 떠올렸습니다. '들에는 봄볕이 나리는데 / 송악산 봄처녀는 어디로 떠나고 / 그 꽃은 어디로 저물었나'로 끝나는 시였습니다.

나는 어린 나이부터 오랫동안 할머니와 살았습니다. 할머니는 근면했으나 옛날 사람이었습니다. 나는 젊었으나 게을렀습니다. 그런 우리는 서로를 이해할 수 없었습니다. 그럼에도 함께 사는 법을 배웠습니다. 우리는 평생토록 서로를 이해할 수 없겠지만, 손을 맞잡은 그 순간만큼은 영원이기를 바랐습니다.

추억의
힘

우리 가족은 1년에 네 번 모입니다. 설날과 추석, 나와 동생의 생일이 그때입니다. 우리 가족이 모이면 늘 일정한 순서대로 움직입니다. 먼저 마트에서 장을 보고 음식을 만듭니다. 저녁식사를 하고 간단하게 술을 한 잔씩 마십니다. 술기운이 조금씩 오르고 함께 TV를 보다 보면 방송은 점점 재미가 없어집니다. 그러면 우리는 어김없이 옛날이야기를 시작합니다. 이야기는 언제나 "아이고, 그 조그마한 것들이 이렇게 컸네"라는 말로 시작합니다.

"너는 어렸을 때 참 많이 울었어. 아마도 널 가졌을 때 엄마가 많이 울어서 그런가 봐. 입덧도 어찌나 심하게 했는지. 밥도 제대로 못 먹고 참 힘들었다."
"네가 세상에 나왔을 때 모두 깜짝 놀랐어. 일단 머리숱

이 빼곡하게 자라 있었고. 키가 어찌나 크던지. 아기 무
게 재는 저울 바구니에 다리를 걸칠 정도였다니까. 간
호사들도 그렇게 큰 아기는 처음이라고 그랬어.”

“바퀴 달린 보행기에 태우면 집 전체를 슝 하고 달리는
거야. 그러다가 저 신발장 구석에 걸려서 넘어지고 그
랬어. 거기서 조금 더 컸을 때는 배트맨 놀이도 하고 말
이야. 그때는 참 활발했는데.”

“덩치도 커다란 애가 한 번은 친구한테 맞고 왔어. 너도
맞지만 말고 때려주라고 하니까 ‘내가 때리면 친구가
아파하잖아요’ 하면서 우는 거야. 미련할 정도로 순진
한 아이였지.”

그럴 때면 나는 묵묵히 잊고 있던 기억을 되살려보고는
했습니다. 아쉬운 것은 우리의 대화는 언제나 내가 초
등학생 때 기억에서 멈춘다는 점입니다. 내게는 그때가
가장 걱정 없이 행복한 시간이었지만, 그 이후에도 우
리 가족이 함께였다면 우리는 지금쯤 어떤 이야기를 더
나누고 있을지를 자꾸만 생각하게 됩니다.

앞으로도 이런 레퍼토리는 반복될 것입니다. 수없이 들

어온 내용이지만 나는 언제나 그 이야기들을 기다리게 될 것입니다. 그때만큼은 우리는 행복했던 시간, 행복했던 가족으로 돌아가게 됩니다.

시간이 지나면 다시 원래대로 돌려놓지 못하는 것들이 있습니다. 소중한 것을 잃지 않으려면 이전보다 더 많은 힘이 필요한 게 세상의 이치라고 합니다. 지금 우리 가족을 붙잡는 건 추억하는 힘입니다. 결국 우리가 추억하는 시간마저 언젠가의 추억이 되겠습니다.

선택하지
못한
꿈

"예고 준비해볼 생각 없니?"

어느 날 미술 선생님이 내게 물었다. 나는 미술 시간을
유난히 좋아했다. 말이 없고 평범한 학생이었던 내게
그림은 유일하게 나를 표현할 수 있는 수단이었다. 하
지만 내가 그림을 잘 그린다는 생각도, 예고를 갈 수 있
다는 생각도 해보지 못했다. 선생님의 말을 들은 그날
나는 예술가가 된 모습을 상상했다.

아버지는 반대했다. 두 가지 이유였다. 첫째는 내 성적
이 썩 좋았다는 점이었다. 둘째는 예고 입시를 지원해
줄 만큼 집안 사정이 넉넉하지 못하다는 점이었다. 그
말을 들은 나는 시무룩해졌다. 그리고 다음날 미술 선
생님을 찾아가 힘없이 거절했다.

스무 살이 되었다. 나는 괜찮은 대학에 입학했고 적성에 맞는 공부를 했다. 그런데 한편에는 미술에 대한 아쉬움이 있었나 보다. 어느 날 나는 술에 잔뜩 취해서는 아버지에게 원망 섞인 통곡을 했다고 한다. "아버지, 저는 예고에 가고 싶었어요. 저는 미술이 하고 싶었어요." 대략 이런 내용이었다. 아버지의 표정은 잘 기억나지 않지만 분명 상처 받은 얼굴이었을 것이다.

사실은 그리 간절하지 않은데도 계속해서 붙잡고 있는 꿈이 있다. 내게는 그게 미술이었다. 지금 돌이켜보면 재능이 없었다. 만약 나에게 다른 예술가들처럼 작은 재능이라도 있었다면, 지금쯤 그 뜨거운 열정을 주체하지 못하고 결국 터져나왔을 것이다. 하지만 나의 예술적 충동은 이상하리만치 조용했다. 그러나 모두 알면서도 자꾸만 연연하게 된다. 누구나 해보지 못한 것에 대해서는 상상력이 풍부해지기 마련이니까. 그 꿈이 정말로 나의 꿈이었는지 다시금 생각해본다.

아버지는
손톱을
바투 깎아주었다

어릴 적에는 손톱 깎는 일을 싫어했습니다. 주말이면 아버지는 "어디 손톱 좀 보자. 아이고, 귀신 나오겠네" 하면서 내 손톱을 깎아주고는 했습니다. 아버지는 늘 손톱을 바투 깎아주었습니다. 어찌나 바짝 깎아주시는지 손톱 끝이 속살에 닿을 정도였습니다. 저는 그 느낌을 무척이나 싫어했습니다.

초등학교 고학년쯤 되었을 때입니다. 저는 스스로 손톱을 깎겠다고 선언했습니다. 드디어 손톱 끝을 얇게 남길 수 있는 것입니다. 말씀은 안 하셨지만, 아버지는 그것이 퍽 섭섭했던 모양입니다. 그 뒤로도 몇 년은 "더 바투 깎아야지. 내가 깎아줄까?" 하고 훈수를 두곤 하셨습니다.

그 마음을 감히 헤아려봅니다. 자식은 자꾸만 벗어나려 애쓰고, 부모는 될 수 있는 한 곁에 두고 싶은 마음 말입니다. 자식이 더 자라면 평생 깎아줄 일이 없겠으니, 내가 해줄 수 있을 때까지는 제대로 해줘야지. 언제나 챙겨줄 수는 없으므로 시간이 될 때 바짝 깎아주어야지. 그런 편부(偏父)의 마음이 자식의 손톱을 더 밭게 자르도록 만든 것은 아닐까 하는 생각을 떠올렸습니다.

환갑을 넘긴 아버지는 서른이 넘은 아들의 손톱을 여전히 살피십니다. 생신날을 맞아 만난 자리에서도 "손톱은 키우고 있는 거냐? 내가 깎아주랴?"라고 묻는 아버지에게 "아버지, 생신 축하드립니다"라고 괜한 딴청을 피웠습니다. 부자(父子) 간의 사랑이란 언제나 그렇게 어설프고 무던하게 작용하는 모양입니다.

사랑이 아닌 단어로 사랑을 전할 수 있다면 그것은 잘 쓰인 시(詩)라는 이야기를 들었습니다. 그렇다면 적어도 당신과 나의 관계는 잘 쓰인 시와 같을 것입니다. 저는 그런 방식으로 당신과 마음을 전하는 날이 우리의 생각보다 오래이길 바라고 있습니다.

모든
'픔'을
미워하기로 했다

어제는 온종일 앓았다. 반년에 한 번씩은 이렇게 시름
시름 앓고는 한다. 아픈 건 너무 싫다. 나는 몸이 아플
때면 고통이 없는 상태가 행복한 것이라는 소극적인
행복 이론을 믿게 되었다. 아픔이 얼마나 싫던지, 나는
'픔'이 들어가는 모든 단어를 미워하기로 했다. 아픔, 슬
픔, 배고픔, 서글픔, 헤픔, 어설픔, 고달픔, 구슬픔, 애달
픔, 가냘픔……. 그러나 이 모든 '픔'을 빼고는 나를 설
명할 수 없으므로, 할 수 있는 게 고작 온 마음으로 미워
하는 일이었다.

그러나 시간이 지나면 언제 그랬냐는 듯 아픔은 사라진
다. 그것이 얄밉기도 야속하게도 느껴지지만 우선은 감
사한 마음이 드는 것이었다.

아픔을 끝내고 나면, 나는 제일 먼저 청소를 한다. 우선 좋아하는 음악을 틀고 창문을 열어 탁한 공기를 환기시킨다. 이불은 깔끔하게 정리하고 밀린 설거지를 한다. 탁자 위에 놓인 잡동사니는 가지런히 정리하고 행주로 쓱쓱 닦는다. 종량제 봉투에 쓰레기를 꾹꾹 눌러 담아 질끈 묶어 바깥으로 내보낸다. 청소기를 휘우우웅 돌리고 물기를 꼭 짠 걸레로 바닥을 훔친다. 책장에 아무렇게 널려 있는 책들을 제자리에 꽂아두면 청소가 끝난다. 청소가 끝나면 땀으로 끈적한 몸을 씻는다. 깨끗한 속옷으로 갈아입고 손톱과 발톱을 적당한 길이로 깎는다. 나는 그렇게 다시 살아갈 힘을 얻는다.

모든 의식을 마치고 나니 비가 내린다. 창밖을 바라보면서 감상에 잠긴다. 나의 아픔과 함께, 이 세상 모든 '픔'들이 봄비에 씻겨 내려갔으면 좋겠다. 너무 멀어서 보이지 않는 곳으로, 그래서 다시는 돌아올 수 없을 정도로 멀리 떠나버렸으면 좋겠다. 그렇게 된다면 내가 무언가를 미워할 일도 없을 거다.

다 리 위 에
남 겨 진
신 발

저녁식사를 하고 소화시킬 겸 한강공원을 걸었다. 평소 산책하는 코스를 따라 걷는데 오늘따라 주위가 요란했다. 다리 위에는 열 명 남짓 경찰들이 서 있었고 다리 아래에서는 구급차와 소방대원들이 일사불란하게 움직이고 있었다. 어떤 사고가 있었음을 짐작했다. 조심히 다리에 올라가 강가를 바라보니, 수난 구조대 배가 한 척 떠 있었다. 그때 배에서 두 명의 잠수부가 차갑고 어두운 강물 속으로 뛰어들었다. 주변에서 라이트를 밝게 비추었다.

몇 분이나 흘렀을까. 기포가 조금씩 올라오더니 두 명의 잠수부가 아주 깊은 곳에서부터 한 사람을 끌어올렸다. 숨죽이고 있던 주위 사람들에게서 탄성이 흘러나왔다. 끌어올려진 사람은 그리 젊지도 늙지도 않아 보이는 남성이었다. 배 위로 들어 올려지자마자 구급대원은 그에게 심폐 소생술을 시행했다. 구급대원이 단단히 힘을 주어 심장을 압박했으나 그의 몸은 미동조차 없었다. 그는 구급차에 실려 갔다. 경찰은 다리 위에 놓여 있던 유류품과 유서처럼 보이는 종이를 챙겨 철수했다.

그가 살았는지 죽었는지 모르겠다. 나는 죽음은 무섭고, 한편으로는 쓸쓸하다고 생각했다. 구급차에 실려 가는 그의 맨발을 보면서 그렇게 느꼈다. 그는 다리 위에 신발을 벗어 두었다. 신발을 벗어 두는 이유는 자신이 바로 여기, 이곳에서 떠났음을 알리기 위함이라고 들었다. 그것은 분명 남겨진 삶에 대한 일말의 미련이 아닌가. 무엇이 이토록 추운 날에 그를 강물로 떠밀었던 것인가. 그런 생각을 하면 더없이 마음이 아프다. 얼굴도 모르는 사람에게 나는 동정심을 느꼈다.

요란했던 풍경은 다시 고요해졌다. 너무나 고요해서 마치 한 편의 연극을 본 것이 아닌가 하는 착각마저 들었다. 그 연극의 주제는 '죽음은 삶의 반대편에 있는 것이 아니라 그 일부로서 존재하고 있다'였다. 관객들은 모두 빠져나갔고, 나만 비어 있는 무대를 바라보고 있었다. 마음이 어찌나 허무하고 헛헛하던지 집으로 돌아간 길도 잘 기억나지 않았다.

술을
마시지
않아도

내가 술을 배운 이유는 무척 소심한 사람이었기 때문이다. 스무 살의 나는 사람들 앞에서 자기소개도 제대로 못했다. 그러나 술을 마시면 어깨에 들어간 힘이 빠지고 긴장이 풀렸다. 긴장이 풀리니까 꾹꾹 참아왔던 말을 쏟아낼 수 있었다. 동기들에게 먼저 다가가 스스럼 없이 어울리거나 무서운 남자 선배에게 어깨동무를 하고 시시한 농담을 던질 수도 있었다. 다음날 술이 깨면 다시 부끄럼쟁이가 됐다. 그래서 나는 매일 수업이 끝나는 대로 술자리를 찾았다.

자제할 줄 몰랐던 나는 걸핏하면 필름이 끊겼다. 정신을 차려보면 기숙사 침대일 때도 있었고, 친구의 자취방일 때도 있었고, 왕십리 골목일 때도 있었다. 자고 일어나면 뒷머리에 혹이 있거나 팔꿈치에 생채기가 나 있기도 했다. 간밤에 기억에 없는 통화 기록이 남아 있을 때도 있었다. 휴대전화나 지갑은 잃어버리기 일쑤여서 애초에 비싼 걸 사지도 않았다. 매일 아침이면 친구들에게 "나 어제 실수한 거 없었지?"라고 묻는 것이 일상처럼 되었다.

아버지는 "너는 술 마실 자격이 없다"라고 말하고는 했다. 그때마다 나는 큰 부끄러움을 느꼈다. 그러나 바로 잡지 못했다. 나에게는 현실의 수치스러움보다 취한 상태에서 얻는 마음의 자유가 더 컸다. 내가 그토록 술을 갈구했던 이유는 스물 몇 살인 처지에 너무나도 큰 감정의 응어리를 지니고 있었기 때문이다. 미움과 분노, 좌절과 자기혐오, 불안과 고통이 지층처럼 겹겹이 가슴에 쌓여왔다. 그 응어리가 어찌나 단단한지 모두 녹여내는 데 대략 10년 정도의 시간이 걸렸다.

이제는 술을 통제할 수 있게 되었다. 첫째는 사랑하는 사람이 생겨서이고, 둘째는 더 이상 체력이 받쳐주지 않기 때문이다. 무엇보다도 언제든 내 속의 감정을 터놓고 이야기할 수 있는 사람이 되었다. 그래도 괜찮다는 걸 알게 되었다. 수백 번 넘어지기를 반복하고 스스로를 상처 내면서 얻은 결과였다.

지금에 이르기까지 술로 인해 걱정을 끼치거나 힘들게 만든 사람이 많다. 당시 철없고 어린 나의 행동을 받아주고 넘어가준 이들에게 그저 고맙고 미안한 마음이다. 언제인가 만나 맥주 한잔 할 수 있다면, 나는 이제 술을 마시지 않아도 솔직할 수 있는 사람이 되었다고 누구도 묻지 않은 고백을 하고 싶다.

책 이
나 를
읽 는 순 간

(I)

책을 좋아하게 된 계기가 있다. 초등학생 시절, 나이 차가 많이 나는 동네 누나가 있었다. 평소 책 읽기를 즐겨 했는데 학교 성적도 상위권이었다. 엄마들 사이에서도 칭찬이 자자했다. 그때 나는 처음으로 책을 읽어야겠다는 생각을 했다. 단순한 마음이었다.

중학생이 되었다. 나는 원하는 책을 사기 위해 아르바이트를 하기도 했다. 그렇게 산 책들은 무엇보다도 소중한 물건이었다. 책장을 시원하게 펴지도 못했다. 밑줄은커녕 모서리를 접는 행위조차 용납되지 않았다. 그런 습관은 여전히 남아 있다. 나는 지금도 책을 할아버지처럼 모신다. 그만큼 책을 산다는 것은 나에게 큰 기쁨이었다.

그 감각은 여전히 남아 있다. 옷장 앞에서 입을 옷이 없다고 투덜대는 그녀처럼, 나는 읽을 책이 없다며 서점으로 향하고는 했다. 책을 가득 사온 날에는 배가 고프지 않았다. 빳빳한 종이 냄새, 한 번도 손이 닿지 않은 페이지, 각자 개성을 가진 책들을 보고 있으면 펼쳐보지 않아도 마음이 울렁였다.

읽는 속도보다 쌓이는 속도가 빠를 때, 책은 밀린 숙제처럼 느껴지기도 했다. 언젠가 김영하 소설가가 말했다. "책은요, 읽을 책을 사는 게 아니라 산 책 중에서 읽는 거예요." 그 한마디에 오래 묵은 체증이 사라졌다. 이후로 나는 죄책감 없이 책을 살 수 있었다.

책장에 꽂힌 책을 보기만 해도 지적 자극이 되었다. 사놓고 1년째 읽지 않은 B. F. 스키너의《자유와 존엄을 넘어서》는 제목만으로도 내게 새로운 관점에 대한 태도를 갖게 했다. 톨스토이의《안나 카레니나》는 두꺼운 존재감 때문에 무인도에 떨어져도 마음이 놓일 것 같은 안식이 되었다. 무라카미 하루키의《달리기를 말할 때 내가 하고 싶은 이야기》표지에서 달리는 하루키를 볼 때

마다 꾸준히 고군분투하며 살아야겠다고 다짐하고는
했다.

(2)

나는 종이책을 선호한다. 책을 읽는 행위란 단순히 '텍
스트를 읽는 것' 이상이라는 생각이다. 손으로는 종이
의 질감과 무게를 느낀다. 눈으로는 편집자가 의도한
문장의 배열과 폰트를 해석한다. 가끔은 첫 장으로 돌
아와 다시 읽어보기도 하고, 결국 못 참고 가장 뒷장을
슬쩍 펼쳐보기도 한다. 이 모든 행동이 책을 읽는 행위
며 전자책을 애용하지만 아쉬움을 느끼는 부분이기도
하다. 전자책은 그러니까, 편리하지만 사랑하기는 어려
운 것이다.

좋은 삶이란 내 안에 기쁨을 조금씩 쌓아가는 과정이라
고 믿는다. 그러니 나는 책 사는 즐거움을 오래도록 누
리고 싶다. 친구처럼 평생 지니고 살았으면 하는 책들
이 있다. 그것이 나의 물리적인 공간을 차지할 수 있도
록 언제나 자리를 내어주고 싶다.

3

책이 나를 읽는 순간이 있다. 분명히 책을 읽고 있는데 책장이 넘어가지 않는다. 글자, 단어, 문장 하나하나를 읽을 때마다 관련된 기억이 떠오르는 것이다. 무라카미 하루키의 《상실의 시대》를 읽을 때였다. '작고 차가운 손'이라는 단어를 발견했다. 그러면 나는 어느새 그녀의 손을 떠올렸다. 그녀의 손은 너무나 차가웠다. 처음 손을 잡던 그날이 유난히 추운 겨울이었기 때문일지도 모르겠다. "왜 이렇게 손이 차"라고 말하며 항상 두 손으로 감싸, 후후 뜨끈한 입김을 불고 부벼주었다. 그럴 때마다 남자친구보다 선배의 모습이 더 익숙했던 그녀는 괜찮다며 얼굴을 붉혔다. 내가 그때 모습을 떠올리려 하면, 그녀의 얼굴은 그리 선명한 형태가 되지 못했다. 다만 그 갈색 머리칼만이 뚜렷한 것은, 나의 손이 가장 많이 닿았기 때문일 것이다. 이런 기억을 떠올리다가 문득 정신을 차리면, 한 페이지도 넘기지 못한 채 몇 시간이 훌쩍 가 있는 것이다.

그러나 아이러니하게도 나는 이런 순간을 위해 책을 읽는다. 책을 읽는 즐거움이란 잊고 있던 자신을 발견하는 즐거움과 동일하다는 생각이다. 하루키가 말했다. 아니, 그의 소설 속에서 와타나베가 말했다. "글이라는 불완전한 그릇에 담을 수 있는 것은 불완전한 기억이나 불완전한 상념밖에 없다." 슬픈 일이다. 시간이 지날수록 중요히 여겼던 것은 사라지고, 미처 신경 쓰지 못했던 작고 불완전한 것들만이 선명하게 남는다. 책을 읽으면서 마주하는 몇 개의 불완전한 단어들로 그것들을 떠올리곤 하는 것이다.

(4)

삶을 산다는 건 죽음을 훈련하는 것일지도 모른다. 우리는 매일 침대에서 태어나 아침을 맞이하고, 다시 침대로 돌아가 죽음 같은 잠에 든다. 책을 읽는다는 건 그 짧은 찰나를 밀도 있게 보내려는 우리의 애씀일지도.

재미있게
살라는
당부

(I)

한참 눈을 감고 있어도 잠이 오지 않았다. 결국에는 안 되겠다 싶어 몸을 일으켰다. 나를 붙들고 있는 질문은 하나였다. 나는 어떻게 살아야 하는가. 참으로 지긋지긋하고 융통성 없는 문장이었다. 새벽 3시 30분이었다.

(2)

요즘 아버지의 작별 인사―를 겸한 잔소리―가 조금 바뀌었다. 전에는 "밥 좀 잘 챙겨 먹고 다녀라"였다면 지금은 "재미있게 살아라, 재미있게"가 됐다. 그럴 때면 "걱정 마세요. 저는 이미 재미있게 살고 있어요"라고 자신 없이 대답하곤 한다. 그러면 아버지는 "재미있게 살아, 재미있게"라고 재차 당부하신다. 그것이 꼭 인생의 진리인 양 몇 번이나 강조했다. "나는 재미있게 살고 있

으니 너도……"라고 말해주었다면 조금이나마 응원이
됐을지도 모르겠다.

'지금 와서 말하자면, 아버지, 솔직히 나는 재미있게 사
는 게 뭔지 잘 모르겠습니다. 불행하냐 묻는다면 불행
하지 않다고 대답할 테고, 행복하냐 묻는다면 행복한
것 같다고 대답할 테지만 재미있게 살고 있냐고 묻는다
면 멀뚱히 고민에 잠기는 꼴이 됩니다. 오늘은 새벽까
지 잠에 들지 못했습니다. 기어이 몸을 일으켜 어지러
운 마음을 욕실에서 씻어냈습니다. 머리카락 사이에 엉
긴 진흙처럼 물에 흐르는 것도, 여전히 남은 것도 있습
니다만, 이렇게라도 해야 그나마 나아진 기분입니다.'
이런 생각을 떠올리며 찬물을 몸에 끼얹었다. 새벽 3시
40분이었다.

(3)

"글을 계속 써야 할까요? 내가 쓴 글이 대체 의미가 있
을까요? 혼자 괜히 힘쓰고 있는 건 아닐까요?"
어느 작가에게 이런 속절없는 질문을 던진 적이 있다.
질문을 받은 작가는 내게 글에 너무 많은 의미를 부여

하지 말라고 조언했다. 그저 글 쓰는 행위 자체만으로도 지속해야 할 이유는 충분하다고 말했다. 나의 글이 단 한 명에게라도 감응을 준다면 그것대로 의미가 있지 않겠냐고 물었다. 나는 얼굴이 터질 듯이 빨개져서는 아무 말 없이 고개를 끄덕였다.

나는 내 인생에 너무 많은 의미를 부여하려고 해서 스스로 피곤하게 만들고 있었다. 그렇다고 본질이 달라지는 일은 없겠지만 일종의 불안과 강박이었다. 때로는 그럴듯한 의미가 없는 일도 흔쾌히 해볼 수 있는 인생이, 아버지가 말하는 재미있게 사는 것이 아닐까. 모든 일에 의미를 부여하려고 애쓰지 말자. 머리가 아니라 마음으로 살자. 그런 생각이 들 때쯤 조금 개운해졌다. 몸을 눕히자 눈꺼풀이 무겁게 가라앉았다. 새벽 3시 50분이었다.

손의
힘
빼기

일기장에서 이런 혼잣말을 발견했다.

"우리 있잖아, 왜 그렇게나 힘주며 살았을까. 그 일을 완벽하게 해내지 못하면 내 인생은 끝나는 거라고 생각한 적도 있었어. 참 웃기지. 지금 돌이켜보면 아무것도 아닌 일이었는데 말이야. 어쩌면 지금 나를 짓누르는 삶의 무게들도 결국 시시한 일이 되어버릴지도 몰라. 나는 이제부터 그렇게 믿기로 했어."

가끔 시간이라든가 인생의 기류가 내 주변을 흐르고 있다는 걸 깨닫는 시점이 있다. 마치 다이아몬드 녹인 물을 끊임없이 흘려보내는 기분이랄까. 그때마다 나는 '어느 정도 긴장감으로 삶을 살아야 하는가'라는 고민을 하게 된다. 머리로는 지금 이 시간이 소중하다는 걸 알고 있다. 그러나 몸으로는 '그래서 어떻게, 어느 정도로 살아야 된다는 건데?'라는 의문이 드는 것이다.

회사에 내 전력을 쏟아보기도 하고, 백수로서 시간을 아낌없이 낭비해보기도 했다. 어느 쪽이든 허무함을 이겨낼 수는 없었다. 그렇다면 그 중간 어딘가라는 의미인데, 그 '중간'이라는 감각이 너무나 추상적이고 막연하다 보니 자꾸만 잊어버리기 십상이었다. 어느새 몸에 힘을 주고 긴장하는 나를 발견하거나, 나무늘보처럼 늘어져버린 나 자신을 바라보게 되는 것이다. 한마디로 체감의 문제였다.

그래서 나는 '손의 힘 빼기'라는 의식을 한다. 예컨대 이런 것이다. 손에 힘을 꽉 쥐어본다. 다른 사람이 풀어낼 수 없을 정도로 말이다. 그 상태를 100이라고 해보자. 그 상태에서 천천히 힘을 빼본다. 90, 80, 70, 60······ 천천히 50까지 내려가본다. 그것이 딱 절반이다. 그 감각을 기억해둔다. 그리고 더 내려가본다. 40, 30, 20, 10······ 그리고 손에 완전히 힘을 빼버린다. 긴장이 풀리고 늘어지는 게 느껴지는가. 그 손은 아무런 힘도 없고 그저 존재만 하는 상태다.

나는 딱 50 정도의 긴장감으로 살아가려고 한다. 꼿꼿이 힘을 주지도 않고 그렇다고 너무 늘어지지 않는 정도로. 따뜻한 봄에 사랑하는 사람의 손을 슬며시 잡는다거나, 노견의 흰 목덜미를 살갑게 어루만지거나, 싱그러운 레드향을 손에 쥐는 힘만큼. 딱 그 정도로 말이다.

오늘은
바다가
보고 싶다

강릉에 살 때는 학교에서 신호등을 몇 번 건너면 바다를 볼 수 있었다. 나는 사람이 없는 안목 해변을 특별히 좋아했다. 그곳에는 내가 지정석으로 삼은 벤치가 있었다. 새로 생긴 편의점 맞은편이었다. 성인이 되어서도 종종 안목을 찾았다. 그 벤치에 앉아 책을 읽거나 음악을 들으면서 하루를 보내고는 했다.

바다는 훌륭한 영상이다. 한 차례도 같은 모습을 보여주는 법이 없다. 드라마보다 변화무쌍하다. 다큐멘터리보다 생생하다. 코끝에서 찝찔한 바다 냄새가 나고 고운 물보라가 얼굴에 날린다. 파도는 나를 향해 달려들고 미끄러지기를 끝없이 반복한다. 그 모습을 바라보고 있으면 괜한 서글픔이 느껴졌다. 파도 소리가 질릴 때면, 이어폰을 귀에 꽂고 음악을 들었다. 내가 트는 음악에 따라 바다는 좋은 영화가 됐다. 어떤 장르든, 어느 가수의 노래든 잘 어울렸다.

몸이 차갑게 식으면 해변을 따라 걸었다. 그때마다 나는 혹시 사연이 있는 누군가와 마주치지 않을까 기대했다. 검은색 코트를 입고 알 수 없는 표정으로 발자국을 찍는 사람. 그러다 문득 먼 수평선을 그리운 눈길로 주시하는 사람. 만약 그런 사람을 만난다면 나는 인사 한마디 건네지 못하겠지만, 왠지 눈만 마주치더라도 서로의 사정을 이해할 수 있을 것 같은 기분이 들었다. 그건 아마도, 우리를 둘러싼 파도 소리가 매개가 되어 어떠한 충동이나 감정 따위가 파동으로 전해지기 때문일 것이다.

바다는 그런 힘을 가진 공간이다. 누군가 내게 말했다. 바다 앞에 두고 살면 좋을 것 같지만, 결국 우울증에 걸리고 말 거라고. 바다의 푸른빛과 출렁이는 파도는 삶에 대한 회의와 인간의 유한함을 떠올리게 한다고. 바다는 우리의 본질적인 면을 바라보게 만드는 허무주의와 비슷한 힘이 있다. 파도의 무한한 반복성과 역동성,

바다의 헤아릴 수 없는 크기와 깊이에 대한 경외감은 우리가 아주 작은 존재라는 사실을 일깨워준다. 그래서 우리는 마음이 복잡하거나 외롭거나 자신의 삶이 부정당한다고 느낄 때마다 본능적으로 바다를 찾는지도 모르겠다.

강릉을 떠난 지금도 나는 가끔씩 그 벤치와 파도 소리를 그리워한다. 바다는 내 마음의 거울이었고, 그곳에서 나는 나 자신을 깊이 들여다볼 수 있었다. 파도는 끊임없이 밀려와 내 안의 불안과 고민을 씻어내주었고, 나는 그 앞에서 나의 작은 존재를 겸허히 받아들였다. 언젠가 다시 안목 해변에 가게 된다면 여전히 그 벤치는 나를 기다리고 있을까.

무진을
찾아서

내가 좀 나이가 든 뒤로 무진에 간 것은 몇 차례 되지 않았지만 그 몇 차례 되지 않은 무진행이 그러나 그때마다 내게는 서울에서의 실패로부터 도망해야 할 때거나 하여튼 무언가 새출발이 필요할 때였었다. 새출발이 필요할 때 무진으로 간다는 그것은 우연이 결코 아니었고 그렇다고 무진에 가면 내게 새로운 용기라든가 새로운 계획이 술술 나오기 때문도 아니었었다. 오히려 무진에서의 나는 항상 처박혀 있는 상태였었다. 더러운 옷차림과 누우런 얼굴로 나는 항상 골방 안에서 뒹굴었다. 내가 깨어 있을 때는, 수없이 많은 시간의 대열이 멍하니 서 있는 나를 비웃으며 흘러가고 있었고, 내가 잠들어 있을 때는, 긴긴 악몽들이 거꾸러져 있는 나에게 혹독한 채찍질을 하였다.

—김승옥, 〈무진기행〉

(I)

오늘은 우울한 편지를 쓰게 됐습니다. 어쩐지 미안한
마음입니다.

나는 무진으로 떠납니다. 주말에는 비가 내린다고 합니
다. 그러니 다음 날 비가 개는 대로 떠납니다. 무엇으로
부터 떠나는지 묻는다면 그리 할 말이 많지 않습니다.
나조차도 무엇으로부터 떠나는 것인지, 아니 내가 떠나
려는 것이 맞는지도 희미한 상태입니다. 다만 머릿속에
처음 떠오르는 것은 '식었다'라는 단어입니다. 식었다.
솔직히 저는 그 단어를 좋아하지 않습니다. 그것은 저
로 하여금 미지근한 국물 요리나 권태롭게 침묵하는 연
인을 떠오르게 합니다. 분명 유쾌한 기분은 아닙니다.
게다가 이 단어가 과거형인 점이 걸립니다. '식었다'는
건 이전에는 매우 뜨거웠다거나 적어도 따뜻함을 간직
했다는 뜻이기 때문입니다.

마음이 식기 위해서는 적절한 시간과 특정한 사건이 필
요합니다. 그것이 사람이든, 환경이든, 삶이나 실존 그
자체든 일단 한번 식어버리면 다시 끓어오르기가 힘듭

니다. 근본적으로 바뀌지 않는 이상 말입니다. 비유하자면 촛불 같은 것입니다. 누군가 '훅' 하고 불어넣은 날숨은 촛불을 아주 쉽게 꺼트립니다. 심지에서 회색빛 연기가 피어오를 때쯤이면 인정할 수밖에 없는 것입니다. 기다리는 것만으로는 불씨를 되돌릴 수 없다는 사실을 말입니다.

가까운 친구는 나의 심경을 듣고는 어디 여행이라도 다녀오라고 조언합니다. 외국에 나가는 것이 정 부담스러우면 가까운 어디로든 떠나라고 합니다. 그러면 마음이 가라앉을 것이라고요. 내 생각에 나의 마음은 이미 무겁게 가라앉아 있습니다. 하지만 밖에서는 더 가라앉혀야 할 마음이 보이나 봅니다. 그래서 나는 무진으로 잠시 떠나기로 합니다. 그곳에서 새로운 용기가, 새로운 계획이 나오리라는 기대는 없습니다. 다만 떠나는 이유는 사람들로부터 벗어나 나 자신을 스스로 위로하기 위함입니다. 참고로 김승옥의 소설 〈무진기행〉에 나오는 '무진'은 가상의 장소입니다. 그렇다면 나의 무진은 어디인가. 그 질문에서 여행이 시작될 예정입니다.

어느 저녁에 고속버스 터미널로 갔다. 창구 앞에서 몇 분 동안 망설였다. 어디로 가야 할지 알 수 없었다. 결국 안동행 표를 끊었다. 당장 출발하는 버스가 있었기 때문이다. 버스를 탄 나는 짧은 휴가를 다녀오겠다고 주변에 알렸다. 한참이나 창밖 풍경을 바라보았다. '이래도 괜찮은 건가' 하는 두려운 마음이 들었다. 이 여행이 나를 어디로 데려가고 있는 걸까. 늦은 밤, 안동에 도착했다. 숙소에서 맥주를 한 캔 마시고 잠에 들었다.

다음 날, 안동에서 계속 걸었다. 장마가 막 끝났기에 햇볕이 제법 뜨거웠는데도 계속 걸었다. 걷고 있는 상태가 익숙해져서 멈춰 서 있는 것이 오히려 어색했다. 서울에서는 볼 수 없는 들풀이 곳곳을 가득 메우고 있었다. 나는 정처 없이 걸으면서 소설 〈무진기행〉의 오디오북을 들었다. 〈무진기행〉은 사흘간 무진에서 경험한 일을 다룬 소설이다. 나는 "당신은 무진을 떠나고 있습니다"라는 문장이 들려올 때마다 처음으로 되돌려 들었다. 그러면 주인공이 무진으로 향하는 장면부터 다시 시작되었다. 소설을 읽어주는 가수 장기하의 목소리가 마음에 들었다. 나중에 내가 책을 내고 오디오북을 제작하게 된다면 그에게 녹음을 부탁해야겠다고 생각했다. 그렇게 몇 번을 반복해서 들었다.

근처에 갈 곳을 찾다가 '안동소주전통음식박물관'에 방문했다. 나는 소주를 그리 잘 마시지 못한다. 안동소주는 더더욱 그렇다. 그러나 그 향과 장인의 전통과 역사만은 인정하는 편이다. 박물관에는 아무도 없고 불이 꺼져 있었다. 나는 관리인을 찾아 전시관을 돌아보고 싶다고 말했다. 그가 불을 켜주었고 그곳에 전시된 안동소주를 증류하는 법이나 조선시대 술상의 모형을 구경했다. 전시관 끝에서는 간단한 시음도 할 수 있었다. 안동소주를 시음해보니 첫 맛은 위스키와 같이 강렬했고 중간은 곡류 특유의 이취와 꿉꿉함이 느껴졌으며 끝맛은 입 안이 얼얼해질 정도로 깔끔하고 개운했다. 나는 소주 한잔으로 약간의 취기를 느꼈다. 더운 날 너무 많이 걸었던 탓이다.

이윽고 나는 경주에 갔다. 예전에 경주를 여행할 때 좋았던 기억이 있었다. 이번에도 그렇지 않을까, 기대했다. 버스 터미널에서 숙소까지 가는 길에서 내가 다른 도시에 도착했다는 사실을 체감했다. 사람과 상가 건물, 사원, 능, 유적 따위가 한데 어울려 있었다. 오토바이 수리점과 주유소 사이로 경주노서리 고분군이 드러나 있는 식이었다. 이런 위화감이 이 도시에서는 당연시되는 것만 같았다.

능과 능 사이를 걸었다. 어스름한 저녁이었다. 모든 사람이 하늘을 바라보고 있었다. 노을이 자줏빛으로 물들어 있었다. 고층 건물 하나 없이 쭉 펼쳐져 있는 평원에서 하늘을 바라본 적이 있는가. 거대한 기운이 나를 짓누르는 기분이 든다. 마치 커다란 불상을 올려다보듯 압도감이 느껴졌다. 노을과 어우러진 첨성대, 동궁과 월지를 구경했다. 나는 옛 건축물의 아름다움보다도 하늘에서 더 많은 것을 느꼈다. 어찌 됐든 인간이 만드는 모든 인공물은 자연을 닮으려는 시도이기 때문이다.

밤이 되니 한산해졌다. 거리에는 아무도 없었다. 나는 공허했다. 허전한 마음을 먹을 것으로 채워보려고 했다. 계속해서 술과 음식을 들이부었다. 토할 것처럼 배가 불렀지만 꾸역꾸역 삼켰다. 그렇게라도 마음을 달래고 싶었다. 그날은 잠이 쉽게 오지 않았다.

(3)

왕과 여왕이 잠든 능을 뒤로하고 경주를 떠났다. 잠을 설쳤는데도 버스에서 잠이 오지 않았다. 그 이유가 새로운 장소로 간다는 설렘 때문인지, 여행이 끝나간다는 아쉬움 때문인지 알 수 없었다. 이곳에서도 아무런 사건 없이 하루가 지나가버린다면, 나는 엄마의 손을 놓친 아이의 심정이 될 것만 같았다. 그것이 뭐든 수확이 있어야 한다, 그렇지 않으면 소중한 시간을 그저 허비해버린 것이다, 이런 생각이 자꾸만 나를 괴롭혔다. 그런 생각을 하다가 잠깐 눈을 붙였다. 일어나보니 순천터미널에 도착해 있었다.

'순천문학관'에 가기 위해 마을버스를 탔다. 버스는 나를 외지고 사람이 없는 곳으로 데려갔다. '신석'이라는 정류장에 내렸다. 버스가 떠나가고 나는 허허벌판 한가운데 떨어져 있었다. 문학관까지는 조금 걸어야 했다. 나는 물이 찰랑찰랑 차 있는 논 사이를 걸었다. 주변에는 아무도 없었고 무척 조용했다. 바람에 가만히 흔들리는 풀 소리만 들렸다. 이곳의 풍경은 너무나 여유로워서 서울에서의 바쁜 날들이 우습게 느껴졌다. 게다가 이렇게 많은 나비를 마주친 것도 처음이었다. 여기 나비들은 마치 사람을 처음 본다는 듯이 내 셔츠와 머리카락 위에 자꾸만 내려앉았다. 나도 모르게 웃음이 튀어나왔다. 이 순간을 위해 여행을 떠났다는 생각이 들었다.

순천문학관은 소박하고도 사치스러웠다. 소박한 이유는 몇 채 안 되는 작은 전시관으로 이루어졌기 때문이고, 사치스러운 이유는 이토록 아름다운 풍경에 둘러싸여 어떠한 속세도 느낄 수 없었기 때문이다. 순천문학관은 '정채봉관'과 '김승옥관' 그리고 작은 책방과 관리소로 이루어져 있었다.

먼저 '정채봉관'에 들렀다. 그는 마흔한 살이 되던 해 〈오세암〉을 지었다. 전시관에는 그의 노트가 있어서 조금 훔쳐볼 수 있었다. "모든 정치가는 시인이어야 한다"는 문장이 알아보기 힘든 필체로 적혀 있었다. "동화를 쓰면서 촛불처럼 살려고 했습니다. / (……) 촛불은 꺼진 뒤에야 꺼지지 않는 촛불이 됩니다"라는 정호승 시인의 〈정채봉〉이라는 시도 있었다.

그다음에는 '김승옥관'으로 향했다. 얼핏 어느 노인이 전시관 옆 문으로 천천히 들어가는 장면을 보았다. 그분이 〈무진기행〉을 쓴 김승옥 작가일 거라는 생각은 미처 하지 못했다. 나는 전시관을 쭉 둘러본 뒤에 관리인을 찾았다. 그에게 2013년도판《무진기행》책을 구매하고 물었다.

"이곳에 김승옥 선생님이 계시다고 들었습니다."

"네, 이곳에서 살고 계시지요."

"혹시 괜찮다면 선생님께 인사 드릴 수 있을까요?"

관리인은 조금 곤란하다는 표정을 지었다.

"요즘 들어 외부인을 잘 만나지 않으셔서……."

"서울에서 내려왔는데 어떻게 안 되겠습니까."

"일단 선생님께 한번 여쭈어보겠습니다."

나는 고개를 끄덕이고 의자에 앉아 기다렸다. 나는 언제부터 이토록이나 막무가내에 철면피였는가. 스스로에게 감탄하면서도 한편으로는 쓸쓸한 마음이 들었다.

"네, 선생님. 여기 서울에서 왔다는 젊은이가 선생님께 인사 드리고 싶다고요. 괜찮으시겠어요? 네네, 알겠습니다"라는 통화 소리가 들렸다. 이윽고 관리인이 다가왔다.

"운이 좋으시네요. 선생님께서도 오늘은 컨디션이 좋으신 모양입니다. 함께 가서 인사 드리고 오십시다."

우리는 전시관 옆에 위치한 작은 작업실 문 앞에 서서 선생님을 불렀다. 이윽고 김승옥 선생님이 셔츠 단추를 여미면서 천천히 문을 열었다. 선생님의 거동은 조심스러웠으나 외견으로는 정정해 보였다. 관리인은 셔츠 맨 아래 단추를 함께 잠가주었다. 선생님은 내게 손짓으로 저기서 함께 사진을 찍자고 말했다. 우리는 전시관 앞에 나란히 앉아서 다소곳한 모습으로 사진을 몇 장 찍었다. 김승옥 선생님은 뇌졸중을 앓은 이후로 말을 하는 데에 불편함이 있었다. 그래서 노트에 간단한 단어들을 적으며 필담을 나누었다.

내가 "선생님, 몸은 좀 어떠세요? 건강은 괜찮으신가요?"라고 묻자 선생님은 "으응"이라고 대답했다. 나는 "요즘에도 글을 쓰고 계신가요? 최근에는 그림을 그리

신다고 들었습니다"라고 물었다. 선생님은《그림으로
떠나는 무진기행》이라는 화집을 출간했었다. 선생님은
노트에 "뇌졸중. 글, 말 X"라고 적었다. 나는 인터뷰 기
사를 통해 이미 알고 있노라고 말했다. 선생님은 그 인
터뷰 기사를 기억하지 못하셨다. 선생님은 "서울?"이라
고 적었다. 나는 "네, 서울에서 왔습니다. 고향은 강릉
이고요. 서울에서 일을 하면서 틈틈이 글을 쓰고 있습
니다"라고 대답했다. 선생님은 "등단?"이라고 적었다.
"등단은 아직 못했습니다. 그 정도 실력은 안 됩니다. 여
행 산문으로 책을 한 권 낸 적은 있습니다"라고 답했다.
그러자 선생님은 손을 내미셨다. 혹시 책을 가져왔냐는
것이었다. 나는 미흡한 책이라 보여드리기 민망한 수준
이라고 말했다. 그러자 선생님은 내가 들고 있는《무진
기행》을 펼쳤다. 사인을 해주시려나 했는데 맨 뒷장을
펼치시더니 전화번호와 주소를 적었다. 여기로 책을 보
내라는 말이었다. 나는 그러겠다고 했다. 가슴이 두근
거렸지만 부끄럽기도 했다. 나는 부끄러운 마음이 들지
않도록 어서 더 좋은 글을 써야겠다고 다짐했다. 그 뒤
로도 소소한 이야기와 근황을 나누었다.

선생님은 조금 피로하셨는지 잠시 후 몸을 일으켰다. 나는 악수를 청하고 고개를 숙였다. 그리고 그의 뒷모습을 천천히 응시했다. 선생님이 방으로 들어가자 관리인은 다시 한 번 내게 운이 좋다고 말했다.

"요새 선생님이 저녁에 작업을 많이 하세요. 그래서 낮에는 보통 주무시기 때문에 한동안 외부인을 만나시지 않으셨죠. 게다가 최근까지는 몸이 통 좋지 않으셨어요. 오늘은 컨디션이 정말 좋으신 겁니다."

나는 관리인에게도 책을 보내주기로 하고 연락처를 받았다. 〈무진기행〉과 〈서울, 1964년 겨울〉은 나의 청소년기와 청년기에 큰 감응을 준 소설로, 내가 구사하는 문체와 언어 세계에 어느 정도 일조한 바가 있다. 그렇기에 작품으로만 접했던 당대의 작가를 만나 이야기를 나누었다는 사실만으로도 감동적이었다. 이 기쁨을 간직하기 위해— 혹시 한 톨의 기억이라도 사라질까 싶어서—떠나기 전에 이 순간을 기록했다. 순천만에서 불어오는 소금기를 머금은 바람이 칠월의 햇빛으로 달구어진 몸을 식혀주었다. 나는 이곳에서 매일 바람을 맞고 싶다고 생각했다.

나는 순천을 떠나고 있다. 순천을 떠나는 버스에 탔을 때는 기분이 다시 울적해졌다. 혹시나 내 마음이 급했던 것은 아닌지, 조금 더 머물러도 괜찮았던 것은 아닌지 후회가 되었다. 덜컹거리는 버스 창밖으로 "당신은 무진을 떠나고 있습니다"라는 보이지 않는 표지판이 나를 배웅하는 듯했다. 아니, 자꾸만 반복해서 들었던 장기하의 목소리가 "당신은 무진을 떠나고 있습니다"라고 담담하게 말해주고 있었다. 이곳을 떠나면 나는 다시 서울로 가야 한다. 서울에 가면 다시금 바쁜 나날을 보내고, 다양한 문제에 신경을 쓰고, 씁쓸한 자괴감과 나약함을 맛봐야 할 것이다. 타인의 시선을 두려워하는 사람들의 시선을 또다시 살피며 살아야 할 것이다. 아니, 그런 걸 다 떠나서, 정체를 알 수 없는 복잡한 것들을 자꾸만 떠올려야 할 것이다. 그런 생각이 들자 더 울적해졌다. 나는 멀미 기운이 나는 것을 참고 눈을 감았다.

이것으로 된 것인가. 나는 이번 여행을 통째로 곱씹어봤다. 내가 찾던 무진은 어디인가. 안동인가, 경주인가,

순천인가. 아니면 김승옥 선생인가. 아니다. 그것들은 내가 찾던 것과 다르다. 사실 내가 찾는 무진이란 특정한 지역이나 공간이나 사람이 아니었다. 곰곰이 생각해 보니 나는 언젠가 내가 사랑했던 나의 모습을 찾고 싶었던 것이었다. 그것은 어느 지역에서 발현된다기보다는 여행하는 마음가짐에서 비롯되었다. 어딘가를 여행하는 나의 모습은 내가 그리워하는 나다. 무언가를 무모하게 쫓고 쓸쓸하더라도 혼자이길 좋아하고 별것 아닌 풍경이나 일에 감탄하거나 쉽게 벅차오르는 감정을 느끼는 모습 또한 그렇다. 내가 잃어버리고 살았던 그 모습이 내가 그토록 그리워하고 끌어안고 싶고 위로받고자 하는 무진이 아니었는가. 내가 찾으려는 무진은 여행 내내 나와 함께하고 있었다. 그것은 언제나 나와 함께하고 있었으므로 찾아 나설 필요도 없었다. 내가 진정 찾고 있던 것은 외부의 어떤 장소나 사람이 아니라, 나 자신이었다. 여행은 나를 발견하는 과정이었고, 그리운 나의 모습을 다시 만나는 여정이었다. 그리고 그 모습은 내가 여행을 통해 비로소 되찾은 나의 본질이었다.

저 멀리 강변 터미널이 보였다. 이로써 나의 여행은 끝
이 났다.

그

모 든

순 간 이

모 여

삶 은

빛 난 다

4

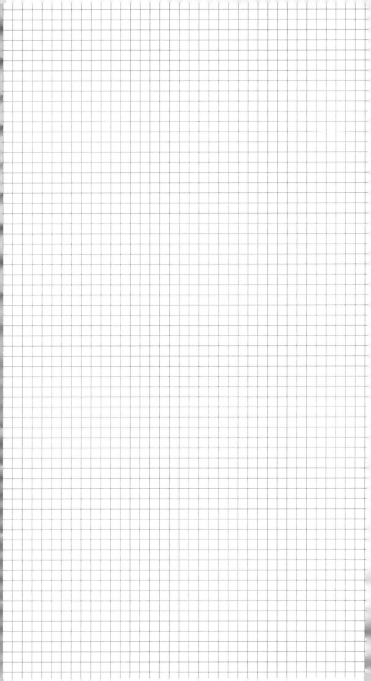

자전거를
탄
남자의 노래

매일 아침, 동일한 시간에 버스를 기다리면 자주 마주
치는 사람들이 있다. 내가 그렇듯 습관처럼 일정한 시
간에 일어나 외출 준비를 하고, 또 다시 찾아온 하루를
맞이하는 사람들이었다.

자전거를 탄 남자도 그런 부류였다. 자전거 타는 일은
그리 특별하지 않지만, 그 남자는 기억에 남을 정도로
눈에 띄었다. 아니, 귀를 사로잡았다고 해야 할까. 왜냐
하면 그는 자전거를 타면서 큰 소리로 노래를 부르기
때문이다. 소리가 얼마나 크냐면, 저 멀리 길 모퉁이를
채 돌아 나오기 전부터 이미 노랫소리가 들리기 시작했
다. 그 소리는 점점 커져 버스 정류장에 서 있는 사람들
옆을 쌩하고 지나갈 때 절정에 이른다. 모든 사람이 고
개를 돌려 그 남자를 쳐다보지만, 그는 마치 신경 쓰지

않는다는 듯 그렇게 노래를 불렀다.

매번 달랐지만 대체로 슬프고, 애절하고, 고음으로 이어지는 노래를 선곡했다. 이별이라도 경험한 걸까? 아니면 새로운 가창력 훈련법이라도 되는 걸까? 그렇게 악소리를 내며 멀어지는 자전거를 보면, 마치 내가 노래를 부른 것처럼 얼굴이 벌게지면서도 이상하게 마음이 후련해졌다.

그 남자는 누구의 시선도 신경 쓰지 않고 노래를 부르고 있었다. 그는 마치 사회적 기대나 규범에 얽매이지 않는 듯했다. 나는 그를 보면서 진정한 자유가 무엇인지 다시 생각하게 되었다. 그 순간, 나는 나 자신을 얼마나 억누르며 살고 있는지 깨달았다. 언제부터 나는 주변 사람들의 눈치를 살피며 살아가게 된 것일까. 남의 눈을 의식하지 않고 마음껏 표현하는 그 모습이 어쩌면 진정한 삶의 모습이 아닐까 하는 생각이 들었다.

자전거를 탄 남자를 본 날이면, 관객들이 가득 찬 공연장에서 큰 소리로 노래 부르는 상상을 하곤 했다. 조금은 뻔뻔하게 살아도 괜찮겠다는 생각을 하면서 마음 한편에 조금의 여유를 마련하기도 했다.

오늘은 비가 추적추적 내렸다. 어김없이 자전거를 탄 남자가 노래를 부르며 지나갔다. 김건모의 〈아름다운 이별〉이었다. 그날의 노랫소리는 특히 더 애절하게 들렸다.

어둠 속에서
빛나는
순간들

지금도 나는 수없이 흔들린다. 다들 어찌 저리도 단단하게 살아가는 것인지 늘 궁금했다. 혼자인 주말 저녁이면 지나가는 사람 아무나 붙잡고 말을 걸고 싶었다. 당신도 혹시 나처럼 외롭고 불안하냐고 묻고 싶었다. 나는 그렇다고, 멀미가 날 정도라고 대답하고 싶었다.

어느 날에는 처음 만난 사람 앞에서 모든 걸 깨우친 사람처럼 인생을 논했다. 다음 날 새벽에는 친구와 죽음에 관한 이야기를 나누고, 문득 겁이 나서 엄마, 아빠에게 전화를 걸어 사랑한다고 말했다. 어젯밤에는 내가 기탄없이 던진 말에 동료가 흘린 눈물을 아프게 떠올리며 후회했다. 그 정도로 나는 어리고 나약한 인간인 것이다.

지금은 무던한 나도 열렬한 마음으로 끓어오를 때가 있었다. 그러나 언제까지나 열렬할 수는 없는 것이었다. 결국 모두 증발해버리거나 열을 유지하지 못하고 곧장 식어버렸다. 미지근한 마음이 되었을 때 나는 큰 좌절감을 느꼈다. 그 좌절감은 그나마 견뎌온 삶 전체를 조망하게 했다. 이토록 생경한 정신으로 여기까지 왔으니 얼추 대견스럽지만, 온 힘을 다해 겨우 피워낸 것이 변변찮은 안개꽃뿐이구나. 그렇게 나를 평가한 시절이 있었다.

반딧불이 무리를 본 적이 있었다. 작은 보트를 타고 무섭도록 까만 숲속으로 들어섰을 때였다. 고개를 들어 밤하늘을 올려다보니 별들이 떠 있었다. 유난히 많은 별들이 바로 머리 위에 모여 있었다. 반딧불이었다. 맹그로브 숲이 수많은 반딧불로 반짝이고 있었다. 나는 연신 카메라 셔터를 누르고 영상도 찍어봤지만 이내 포기하기로 했다. 눈에 보이는 것만큼 담을 수 없었기 때문이다. 신비롭게 빛나는 불빛들을 한참 동안 바라보았다. 오직 출렁이는 파도 소리만이 내 곁을 맴돌고 있었다.

보트에서 내리자 선착장에 계신 한 할아버지가 내게 어땠냐고 물었다. 나는 생애 처음으로 본 반딧불이었다고, 마치 크리스마스 트리처럼 빛나고 있었다고 말했다. 그러자 할아버지는, 우리는 매일 크리스마스인 기분으로 산다며 웃었다.

내가 지나온 삶은 달처럼 크게 빛나지도, 화려한 장미꽃을 피우지도 못했다. 하지만 보잘것없고 사소해 보이는 순간들도 한곳에 모이면 아름다워진다. 가장 희미한 빛도 어둠 속에서는 별처럼 밝을 수 있다. 반딧불이 무리가 크리스마스 트리처럼 빛나고, 안개꽃이 모여 흰색 커튼을 대지에 드리우는 것처럼, 그 모든 순간이 모여 결국 나를 빛나게 한다. 삶은 그렇게 빛난다. 어둠 속에서 반딧불이 무리를 바라볼 때 나는 그런 생각을 했다.

비 를
맞 아 도
웃 을 수 있 기 를

일기예보는 맑음이었습니다. 우산을 두고 집을 나섰습니다. 10분쯤 걸었을까요, 마른하늘에 천둥소리가 들립니다. 공사장에서 날 것 같은 커다란 소리였습니다. 그러더니 갑자기 소나기가 쏟아졌습니다. 꽤 굵은 빗줄기입니다. 나는 어느 고깃집 천막 아래로 급히 몸을 숨겼습니다. 갈대밭처럼 비 내리는 모습을 멍하니 바라보았습니다. 공사장 인부들은 헐레벌떡 뛰어오고 있었습니다. 물안개가 이는 와중에도 햇빛은 아스팔트를 비추고 있었습니다. 아마 우리는 자연으로부터 변덕스러움을 배웠나봅니다.

비를 맞는 게 무척이나 싫은 나이가 되었습니다. 한때는 비를 좋아했습니다. 어릴 적에 나는 우산을 쓰고도 언제나 옷을 적셨습니다. 비를 맞으며 물웅덩이에서 철벅철벅 발을 구르고는 했습니다. 이토록 많은 물이 하늘에서 내린다는 사실만으로도 즐거울 수 있었습니다. 걱정이 없던 시절이었습니다.

문득 이상한 오기가 생겼습니다. 설명하기 힘든 기분이었습니다. 군이 표현해보자면 '나는 그때와 다르지 않아'와 비슷한 무언가입니다. 비를 맞는 게 무서워서 천막 아래 몸을 숨기는 꼴이 한심해졌습니다. 그래서 빗속으로 무작정 뛰어들었습니다. 매몰차게 쏟아지는 비를 온몸으로 받으며 정류장까지 달렸습니다. 얼굴에 닿는 미지근한 온도와 적당한 무게감. 달리는 동안 이상한 해방감을 느꼈습니다. 내 안에 있는 단단한 구조물이 와르르 무너지는 기분이었습니다.

정류장에 도착했습니다. 가쁜 숨을 몰아쉬었습니다. 비에 젖어 엉겨 붙은 머리칼, 앞이 보이지 않는 안경, 끈적해진 피부와 축축한 옷이 느껴졌습니다. 기분이 좋았습니다. 해냈다는 기분이었습니다. 도대체 무엇을 해냈는지는 모르겠지만 뿌듯했습니다. 나는 젖은 몸을 바람에 천천히 말렸습니다. 5분쯤 지났을까요. 점점 비가 사그라들기 시작합니다. 그리고 마치 아무 일도 없었다는 듯 비가 그쳤습니다. 나는 그 깨끗한 공중을 허망하게 바라보았습니다.

화가 날 법한 상황이었지만 오히려 웃음이 났습니다. '그래도 비를 맞는 기분이 오랜만에 나쁘지 않았어.' 어떤 일이라도 쉽사리 넘기고, 어떻게든 작은 의미라도 부여하는 것. 그것이 저다운 모습입니다. 그게 반가웠습니다. 아마 비를 맞지 않았다면 떠올리지 못했을 겁니다.

살면서 예상치 못한 폭우를 마주할 때가 있습니다. 우리는 항상 최선을 선택하지는 못합니다. 만약 최선도 최악도 없는 선택이라면 어떨까요. 어느 쪽이어도 괜찮은 삶 말입니다. 물론 나 자신을 탓하고 싶고, 세상을 욕하고, 다른 누군가를 원망하거나, 고통을 잊기 위해 노력할 수도 있겠습니다. 그러나 결국에는 그 또한 받아들여야 한다는 사실을 나는 오랜 시간에 걸쳐 알았습니다.

당신도 비를 맞고서 웃을 수 있다면 좋겠습니다. 설령 그렇지 못하더라도 당신 잘못은 아닙니다.

감각하는
여행

내가 나를 잃어가고 있다고 느낄 때 어디로든 떠났다. 어느 곳에 가보고 싶다는 바람보다는 온전히 혼자가 되고 싶다는 갈증이 나를 여행하게 만들었다. 그러면 어떠한 해답이든 혹은 내가 잊고 있던 감각이든, 내가 다시 살아야 하는 이유를 어설프게나마 찾아오고는 했다.

여행에 관해서라면 할 말이 많지 않다. 나는 꽤나 게으른 여행자이기 때문이다. 계획도 목적도 없이, 그저 곤잠을 자다가 느지막이 일어나서는 근처 식당에서 간단히 끼니를 때우고 숙소 주변을 산책했다. 그러다가 '이왕에 먼 곳까지 왔으니'라는 마지못한 마음으로 가까운 명소를 슬쩍 둘러보는 것이 나의 여행법이다.

오히려 가까운 공원이나 호수나 작은 술집이나 골목에

서 사람들이 살아가는 풍경을 바라보며 더 많은 배움을 얻었다. 그 풍경은 언제나 내게 앞으로의 내 삶이 평안할 것이라고 속삭이는 듯했다. 누구도 관심을 주지 않는 곳에서 얻을 수 있는 이방인의 호기심과 뻔뻔스러움 그리고 나 혼자만이 삶의 쳇바퀴에서 벗어난 듯한, 여행자의 느긋함을 온전히 만끽해왔던 것이다.

어느 가을에 런던을 여행한 적이 있었다. 런던에는 유명한 관광지와 박물관들이 많았지만, 나의 게으른 여행법은 여전히 변하지 않았다. 도착하자마자 숙소에 짐을 풀고, 잠시 눈을 붙인 후에 동네 작은 펍을 찾아갔다. 따뜻한 분위기의 펍에서 나는 기네스 맥주를 한 잔 주문하고 자리를 잡았다.

주인은 친근하고 이야기 나누기 좋아하는 사람이었다. 그는 내가 꼭 가봐야 할 숨겨진 명소와 현지인들이 즐겨 찾는 장소를 추천해주었다. 그 중 하나가 근처 공원이었다.

다음 날, 나는 그 공원을 찾아 나섰다. 유명한 관광지가 아니기 때문에 한적하고 조용했다. 공원에는 색색의 꽃과 푸른 잔디가 펼쳐져 있었고 사람을 겁내지 않는 다람쥐들이 뛰어다녔다. 나는 그곳을 천천히 걸으며 자연을 만끽했다. 공원 한편에 놓인 벤치에 가만히 앉아 있었다. 마치 시간이 멈춘 듯한 평온함을 느낄 수 있었다.

이러한 게으른 여행법 덕분에 나만의 특별한 순간을 간직할 수 있었다. 계획 없이 떠돌며 만난 작은 펍, 주인과의 대화, 조용한 공원은 내 마음속에 깊이 남아 있다. 그것은 내게 여행의 진정한 의미를 일깨워주었다. 무엇을 보느냐보다 어떻게 느끼고 경험하느냐가 더 중요하다는 것을 말이다.

언제든 다시 갈 수 있다고 생각했다. 그렇기에 절박하지 않을 수 있었다. 그러나 보이지 않는 장벽이 사람과 사람 사이를 가로막은 시기부터 나는 지난날의 여행법을 조금씩 후회하고 있다. 좀 더 살피고, 좀 더 걷고, 좀 더 말 걸고, 좀 더 마음 쓸걸, 하는 마음이 들었다.

어떤 면에서 보면, 여행이란 단순히 사치나 낭비일지도

모른다. 혹은 우리 영혼 속에는 떠나고 싶다는 마음이 흉터처럼 남아 있어서, 자꾸만 간지러운 것에 불과할지도 모르겠다. 어찌됐든 나는 여행으로 다시 살아갈 힘을 얻어왔다. 우리는 떠났을 때 비로소 돌아갈 마음이 들기 때문이다.

나는 이제 떠남의 의미를 더 깊이 새기며 앞으로의 여정을 신중하게 계획해보려고 한다. 여행이란 단순한 도피가 아니라 나 자신을 발견하고 성장하는 과정임을 깨달으며. 다음에는 좀 더 적극적으로 사람들과 소통하고, 풍경을 음미하며, 순간의 소중함을 마음에 새기리라.

떠나는 것들,
남겨진 것들

(I)

거리에 낙엽이 떨어진다. 겨울이 온다는 표지다. 겨울에 무엇인가를 새롭게 시작하는 사람은 내가 아는 한 드물다. 그러니까 겨울은, 그게 무엇이든 붙잡고 있는 것을 놓아주어야 하는 계절이라고 할 것이다. 낙엽이 떨어지는 것을 보며, 나는 자연스레 떠나는 것들과 남겨진 것들을 생각하게 된다.

(2)

몇 년 전 이맘때쯤, 젊은 시인에게 시를 배운 적이 있다. 그 시절 내가 쓴 시는 현란한 수식어와 어디선가 들어본 듯한 표현들로 점철되어 있었다. 그 사이에서 그나마 좋게 평가된 시가 있었다. 제목은 '노인이 세월을 쓸어낸다'였다.

천천히
또 고이고이
싸리나무 붙들어 맨 손
메마른 청춘 모아 두고
그래 됐다
잘 살았다
천천히
또 고이고이
낙엽이 노인을 쓸어낸다

머리가 희끗한 경비원 아저씨를 바라보며 끄적인 시는
시인에게 처음 칭찬을 받았다. 머리를 잔뜩 굴리며 써
내린 시들은 금방 잊혔다. 글에 힘을 빼야 한다는 말은
신문방송학을 전공한 내가 줄곧 들어왔던 말이다. 생각
이 많은 나에게는 어렵고 힘든 일이었다. 욕심이 많을
수록, 불안할수록 힘이 들어갔다. 글도, 삶도 그랬다.

(3)

겨울이 다가올 때면 나는 콩벌레를 떠올렸다. 어릴 적
에는 낙엽 밑에 숨어 있는 콩벌레를 잡아 손바닥 위로

굴리며 놀았다. 새들은 따뜻한 곳을 찾아 여행을 떠난 다던데 날개가 없는 미물들은 겨울이 되면 어디로 다들 가는 것일까. 둥글게 말린 콩벌레를 보며 그런 생각을 했었다. 나는 춥지 않기를 바라는 마음에, 그것을 주머니 속에 쏘옥 넣어두곤 했었다.

내 곁에서 사라지는 것이 점점 많아진다. 모두 어디로 간 걸까. 분명한 건 대부분 겨울에 떠나 돌아오지 않았다는 것이다. 겨울은 떠나는 계절이다. 기쁨과 슬픔은 한 몸이었기에, 나는 모두를 붙잡거나 모두를 놓아주어야만 했다. 그래서 겨울이 오면 나는 늘 두려움과 설렘을 함께 느낀다.

내 곁에서 사라지는 것들이 많아질수록, 나는 더 소중한 것들을 붙잡으려 애쓴다. 그리고 무엇보다도 나 자신을 잃지 않기 위해 끊임없이 나를 되돌아본다. 떠남과 남음 사이에서 흔들리는 날들에서도, 나는 나를 잃지 않고 온전히 서 있기를 바란다.

(4)

거리에 낙엽이 떨어진다. 이제 됐다, 여태껏 잘 살았다,
말하면서. 겨울이 되자 낙엽마저 나를 남겨두고 떠날
준비를 한다.

인생의
계절

인생에 계절이 있다면, 나는 유난히 추운 봄을 지나고 있습니다. 겨울은 이미 보냈다고 생각합니다. 누구나 그렇지만 나 또한 혹독한 추위를 견뎌왔습니다. 그 정도의 고통은 더 이상 오지 않을 것이라고 나는 아주 절실하게 믿고 있습니다.

가끔 불어오는 꽃샘추위에도 나는 반사적으로 몸을 움츠렸습니다. 자꾸 움츠리다 보니까, 내 삶은 싹도 트지 못하고 자꾸만 내 속에서만 가두어지는 것은 아닌지 걱정됐습니다. 그래서 나는 필사적으로 나 자신을 파헤치고 분해했습니다.

나는 마음을 쉽게 열지 못했습니다. 사람이 싫거나 무관심해서가 아니었습니다. 그들에게 보일 내 모습을 지나치게 의식했습니다. 찾아보니 나 같은 사람을 '회피성 인간'이라고 합니다. 내가 도망쳐왔다는 의미입니다. 타인에게 비치는 내 모습을 그렇게나 의식했으니, 내게 인간관계는 노동이나 다름없었습니다.

만약에, 아주 만약에 내 인생에도 여름이 온다면 말입니다. 그때는 잘 익은 오렌지처럼 밝은 사람이고 싶습니다. 내가 굳이 애쓰지 않아도 나의 환한 오렌지 빛깔을 누구나 볼 수 있었으면 좋겠습니다. 나는 사람이 변할 수 있다고 믿는 부류입니다. 내가 이 추위에도 웃으며 견디는 이유는 이런 마음 때문입니다.

그래도
봄이
왔다

(I)

"해가 지날수록 한 사람 한 사람, 자신의 세계로 모시는 일에는 품이 많이 드는 것 같아요. 이미 모셔온 이들을 대접하기에도 손이 많이 가죠."

《일간 이슬아 수필집》에서 이 문장을 읽었을 때, 나는 몇 번이고 입 속으로 되뇌었다. 그럴 수밖에 없는 것이 지금의 내 심정과 같았다. 새로운 사람을 모시는 일보다는 모셔온 이들을 어떻게 더 대접할 수 있을지 고민했다. '차린 것은 없지만 아무쪼록 오늘도 맛있게 드셨으면……'이라는 말이 멋쩍은 참이었다.

만약 내가 만든 '세계'라는 것이 존재한다면, 그것이 옅게나마 형태를 갖추고 있다면, 사람들은 그 세계에 찾아와 무엇을 대접받고 무엇을 남기며 떠날까. 쾌락과 고통의 회전 속도가 별처럼 빠른 시대에도 우리는 왜 사소한 편지에 마음을 써야 할까. 이런 고민에 평소 얼마나 많은 시간을 소진하는지 알게 된다면 당신은 나를 처량하게 여길지도 모르겠다.

(2)

어제는 꼬박 열네 시간을 잠들어 있었다. 시대가 변할 정도로 긴 꿈을 꾸었는데 일어나보니 모두 사라져 있었다. 허무하면서도 내가 그토록 신경 쓰고 벌벌 떨어왔던 시간들이 아무 일도 아니었다는 사실에 나는 안심했다. 죽음도 이와 같을까. 내가 살아온 시간이 사라져버리는 순간에는 그간 분투했던 감각만이 남아 있어서, 그것이 아무 일도 아닌 게 되어버렸다는 것에 우리는 안심하게 될까. 이런 생각을 깊이 하다 보면 지금 내가 살아가는 시간은 아무런 의미가 없으며 단지 꿈과 같다는 마음이 들었다. 나는 이런 증상을 '인생 멀미'라고 부른다.

멀미는 시각 정보와 다른 감각 정보의 괴리로 일어난다. 쉽게 말하면 눈으로는 별로 움직이지 않는 것처럼 보이는데, 평형감각은 자꾸만 '크게 움직이고 있다'고 신호를 보내는 것이다. 그러면 뇌는 혼란스러워하고 어지럼증이 생긴다. 내가 정의한 인생 멀미란, 머리는 당장 처한 현실을 치열하게 살아야 한다고 말하는데, 마음은 '실은 모두 덧없는 것이 아닐까'라고 말할 때 발생한다. 그럴 때면 출근하는 지하철에 몸을 실을 때에도, 사무실에 앉아서도 그저 멍한 상태가 되어버린다. 내 앞에는 당장 해야 할 과제가 겹겹이 쌓여 있지만, 이걸 해낸다고 해서 무슨 소용이 있는가, 라는 생각에 결국 아무것도 못하게 되는 것이다.

멀미 증상을 멈추는 방법은 크게 두 가지다. 바깥 공기를 쐬거나 눈을 감고 자버리는 것. 나는 보통 잠자는 방법을 선택하는데, 오늘은 잠들지 못할 것 같다. 그러니 어서 바람을 쐬러 나가야겠다.

(3)

그래도 봄이다. 봄이 오면 좋은 생각을 해야지. 미장원에 가고 새 옷을 사야지. 거리를 지나는 낯선 이에게 말을 걸어봐야지. 길가에 피어나는 꽃들을 보며 잠시 멈춰 서야지. 따뜻한 햇살 아래에서 커피 한 잔을 마셔야지. 오래된 친구에게 전화를 걸어 안부를 물어야지. 잊고 있던 것을 다시 한 번 사랑해야지. 이번 봄이 지나면 나도 모르게 더 밝고 긍정적인 사람이 되어 있을지도 모른다.

어느 시인의 말처럼 세상은 나에게 술 한잔 사주지 않았지만, 그래도 봄이 왔다. 슬퍼도 웃으며 반겨야 하는, 양버즘나무도 허름한 껍질을 벗어던지고 맨몸으로 맞이하는 봄이 왔다. 아픔을 덮어주고, 새로운 희망을 주는 계절. 그 속에서 나를 다시 찾고, 더 나은 나로 거듭나기를 바라며.

다시
살아가려는
마음

(I)

가끔은 목적지를 알지 못한 채, 그저 어디로인가로 실려 가고 있다고 느낀다. 생경한 감각이다. 언젠가 출근 길에서도 그랬다. 9호선 지하철은 사람들로 가득 메워져 있었고 움직일 공간이 마땅치 않았다. 나는 지하철문에 바짝 달라붙어 있었다. 그러다 꽃을 만났다. 가까이에서 보니 지하철 문에는 수많은 꽃문양이 새겨져 있었다. 나는 여태껏 이 사실을 알지 못했다. 발견하지 못했다는 표현이 더 바람직하겠다. 바로 그때, 나는 내가 지쳐 있다고 생각했다.

(2)

자신을 돌보지 않으면서 더 나은 삶을 바라는 것은, 바람이 빠진 자전거를 타고 달리는 일과 같다. 페달을 아무리 열심히 밟아도 앞으로 나아가지 않으니 누구라도 금방 지치게 되어 있다. 근성 있게 버티는 것도 능사는 아니다. 그때는 무엇보다도 자전거를 멈추고 바퀴를 점검하는 시간이 필요한 것이다.

(3)

올해가 가기 전에 푹 쉬어야지. 다시 몸을 일으키고, 걷고, 일할 수 있는지 의심스러울 정도로 오랫동안 퍼져 있어야지. 매일 좋아하는 책과 영화를 보고 라디오를 들어야지. 시계도, 달력도 보지 않으며 영원히 살아갈 것처럼 하루를 보내야지. 좋은 풍경을 보고, 좋은 사람을 만나고, 좋은 술을 마시며 일주일을 보내야지. 어제인지 오늘인지 내일인지도 모르는 채 시간을 흘려보내야지.

요즘은 이런 생각들이, 나로 하여금 하루를 다시 시작하게 만든다. 지금은 그저 꿈일지라도, 그 꿈은 나를 앞으로 나아가게 만드는 힘이 된다. 모든 것이 조금 더 견딜 만해진다.

산 책

"비둘기가 스스로 먹이를 찾을 수 있도록 먹이를 주지 마세요."

공원에서 이런 플래카드를 보았을 때, 나는 사람을 대하는 태도에 대해 생각하게 되었습니다. 사랑하는 사람이 힘들어할 때, 그저 가만히 지켜봐주는 것이 필요할 때가 있습니다. 가끔은 어떤 위로보다도 스스로 마음을 추스르고 정리할 시간을 주는 것이 도움이 되기 때문입니다. 그 사실을 알면서도 강하고 단단한 마음을 갖는 것은 쉽지 않습니다. 그런 순간마다 저 플래카드를 떠올려야겠다고 생각했습니다.

공원을 좀 걸었습니다. 길 한가운데에는 물웅덩이가 있었고 참새 두 마리가 물도 마시고 몸도 담그고 있습니다. 목욕을 방해하고 싶지 않아서 조금 서서 기다려주었습니다. 출입금지 구역 너머에서는 거북이를 만났습니다. 거북이는 손바닥만 한 등껍질 속에 숨어 몸을 움츠리고 있습니다. '이 도시는 길에서 거북이를 만날 수 있는 곳이었던가.' 낯선 광경에 어지러움을 느꼈습니다. 그 너머 사람이 갈 수 없는 길에는 흰 꽃이 흐드러지게 피었습니다. 공원을 한 바퀴를 돌고 오니 거북이는 어딘가로 사라져 있었습니다.

할머니 손등처럼 메마른 나무 틈에서는 뽀얀 은행잎이 나오고 있습니다. '이제 곧이어 여름이 오겠구나' 생각했습니다. 개구리 울음소리도 그렇게 말하는 듯합니다. 이번 봄은 유난히 오랜만에 만나는 기분입니다. 그만큼 지난 1년은 길고 촘촘했습니다. 가로등에 불이 들어왔습니다. 7시 45분. 나는 이때 저녁이 시작된다고 믿습니다. 8시가 지나니 나무 냄새가 짙어졌습니다. 조명 위로는 밤벌레가 피어올랐습니다. 하늘은 연보라색이었습니다.

버드나무 사이 강과 건물 그리고 빛을 보며 기시감을 느꼈습니다. 문득 아주 작은 것에도 신비로움을 느끼던 시절이 떠올랐습니다. 그때의 나를 떠올리면 그립기도 하고 밉기도 하고 부끄럽기도 하고 가엾기도 합니다. 고백하자면 나는 꽤 오랫동안 과거에 얽매여 살았습니다. 다시 돌아올 수 없다는 걸 알면서도 기다리고 후회하며 시간을 보냈습니다. 과거에 내 삶에 큰 영향을 미쳤던 사건들이 현재의 내 삶에 거의 영향을 미치지 않게 되었을 때, 혹은 그렇게 믿기 시작했을 때 비로소 과거로부터 벗어났다고 느꼈습니다. 나는 이제야 오늘 하루를 제대로 살아가는지도 모르겠습니다.

봄 산책을 하며 내 삶에서 아직 정리되지 않는 부분에 대해 떠올렸습니다. 그것은 마치 교회에 가는 것처럼 고백과 속죄의 의식이었습니다. 한 걸음 한 걸음을 내딛을 때마다 떠오르는 상념은 다음 일주일을 살아갈 이유가 되기도 했고, 더 제대로 해내야겠다는 부채로 남기도 했습니다. 그 규칙적인 리듬감은 나를 더욱 단단하게 만들어갔습니다.

인생이
껌껌할 때

그동안 짧은 일기들을 남겨왔다. 미처 글이 되지 못한 채 쌓여 있던 일기들이 어느새 일상과 감정을 담은 소중한 기록이 되었다. 이 일기들은 때로는 위로가 되었고, 때로는 나를 돌아보게 해주었다. 이제 그 일기들을 꺼내어 바람을 쐬어주기로 한다. 한때 내 마음을 채웠던 순간들을 되새기며, 그 속에 담긴 생각과 감정들을 다시 한 번 마주하고자 한다.

2019년 4월 17일에는 이런 일기를 썼다.

"'안 된다는 것도 되게 하는 곳'이라는 문장을 지하철 상가에서 우연히 발견했다. 사진을 출력, 합성해주는 작은 인쇄소였다. 참 멋진 말이다. 나도 그런 사람이고 싶다. 남들이 안 된다는 일을 하고, 그것을 되게 만드는 사람. 그런 삶을 살고 싶다고 생각했다."

2019년 4월 30일에는 이런 일기를 적었다.

"친구들과 술을 마셨다. 각자 고민 이야기를 하다 보니 분위기가 우울했다. 한 명이 말했다. '야, 그래도 우리는 행복하잖아. 내일 해야 할 일도 있고 같이 밥 먹을 가족도 있고. 그럼 된 거잖아. 행복한 거잖아. 그러니까 다들 기죽지 마, 자식들아.' 우리는 고개를 들고 그래, 맞아, 하며 술잔을 부딪쳤다."

2020년 1월 15일에는 이런 일기를 새겼다.

"횡단보도 앞 보행자 작동신호기를 누른다. 이곳에서는 버튼을 눌러야 초록불이 켜지고 지나갈 수 있다. 버튼을 누르지 않으면 평생 빨간불이어서 건널 수 없다. 삶과 닮았다."

2020년 4월 25일에는 이런 일기를 메모했다.

"요즘엔 공허하다는 생각을 자주 한다. 가슴 뛰는 일이 적다고 해야 할까. 내게 일어나는 모든 일이 예측 가능한 범위에 있다. 그건 안정적이지만 동시에 권태롭고 무료한 일이다."

2020년 6월 2일에는 이런 일기를 남겼다.

"사랑하는 사람은 너무나 가까워서 내 시야에 쉽게 사라졌다. 어느 날 거리를 두고 조금 멀리 떨어졌을 때야 보였다. 너무 울어서 퉁퉁 부은 눈. 나는 내가 최악이라고 생각한다."

2020년 6월 12일에는 이런 일기를 기록했다.

"지하철역 앞 바닥에 앉아 껌을 파는 할머니가 있었다. 상자를 찢어 보드마카로 쓴 글씨가 눈에 띄었다. '인생이 껌껌할 때는 껌을 씹으세요.' 나는 껌이 씹고 싶어졌다. 껌껌한 내 인생을 밝혀줄 수는 없겠으나 잘근잘근 위로는 되겠지."

자 전 거
타 기 의
즐 거 움

인생에서 가장 쉽게 즐거워질 수 있는 활동을 묻는다
면, 단연 '자전거 타기'라고 말하고 싶다. 나는 초등학교
2학년 때쯤 아버지에게 자전거 타기를 배웠다. 누가 잡
아주지 않아도 두 발 자전거를 타게 된 건, 어릴 때 얻을
수 있는 가장 큰 성취였다. 그 후로 이상하게도 나는 성
인이 되고도 한참이 지나고 나서야 자전거 타기를 즐기
게 되었다. 아마도 호수공원에서 자전거를 빌려 탈 때,
바람의 시원함이 어릴 적 성취를 다시 상기시켰기 때문
일지도 모르겠다.

자전거는 날씨가 좋은 봄, 여름쯤이 아니라 추운 기운
을 느낄 수 있는 가을, 초봄쯤에 생각난다. 그즈음에 지
하 창고에서 먼지를 뒤집어쓴 자전거를 꺼내 깨끗이 닦
아낸다. 그러고는 자전거 정비점에 들러 사장님과 농담

을 주고받으며 바퀴와 브레이크를 정비해준다. 그러면 새로 물건을 산 아이처럼 신나는 기분이 드는 것이다.

자전거의 매력은 바람의 온도와 길의 재질에 달려 있다. 나는 따뜻한 물에 몸을 담그듯, 미온한 온도의 바람이 불 때를 좋아한다. 울퉁불퉁한 보도블록을 달리면 거친 진동을 즐길 수 있고, 매끈한 자전거 도로를 달리면 미끄러지듯 유영하는 기분을 만끽할 수 있다.

나는 자전거를 타고 마실 나가는 기분을 좋아한다. 허리가 조금 시큰해질 때쯤 그만두는 것이 좋다. 옷 안이 조금 습한 정도여야지 땀을 잔뜩 흘리면 개운한 맛은 있지만 일상적인 영역이라고 말하기는 힘들다. 이런 생각은 뭐든지 지나친 것보다는 모자란 것이 낫다는 나의 철학과 맞닿아 있다.

내 삶도 자전거를 타듯 시원하게 내달렸으면 좋겠다. 현실은 수많은 군중과 거친 길이 펼쳐져 있어서 달리기는커녕 자전거를 짐처럼 끌어야 하는 상황이다. 언젠가 나만을 위해 펼쳐진 내리막길을 만나게 된다면, 브레이

크를 잡지 않고서 마음껏 내달려보고 싶다. 내일이 없
다는 듯 달리다 보면, 내게 보이는 것은 오직 세상의 잔
상뿐이겠지.

세 계 는
아 름 다 우 니 까

문득 한적함이 그리울 때마다 나는 빈탄을 떠올렸다. 빈탄은 인도네시아 북부에 있는 작은 섬이다. 외국에서 교환학생을 하던 시절, 그곳에서 며칠간 지낸 적이 있다. 나는 섬에 머무를 때마다 여유를 되찾았다. 섬에서는 어디서든 바다를 쉽게 볼 수 있었기 때문이다.

빈탄은 고급 리조트들로 유명한 지역이지만, 가난한 학생이었던 나는 로컬에서 지냈다. 그곳 사람들은 친절했고 물가도 저렴했다. 오후에는 얕은 바다에서 수영을 하고 방갈로에 앉아 바람에 몸을 말렸다. 그곳에서 맥주를 마시면서 바라본 노을은 잊을 수 없을 정도로 신비로웠다. 나무 기둥에 부딪히는 물결 소리와 하늘빛에 따라 바뀌는 주위 풍경과 낡은 기타를 치며 모여 있는 아이들을 바라보면서, 세계는 아름답다는 생각을 가만히 떠올렸다.

"세계는 아름다우니까 영화를 만드는 거야. 깨닫지 못
하는 것일 뿐 세계는 아름다워. 그런 눈으로 보는 것뿐
이야."

은퇴 선언을 번복하고 다시 영화 제작에 나선 미야자키
하야오 감독은 이렇게 말했다고 한다. 그것은 마지막일
지도 모를 작품 앞으로 노장 감독을 이끌어낸 힘이었
다. 그에게 삶이란 영화를 만드는 일이니, 결국 그는 세
계가 아름답기에 살아가는 셈이다.

세계는 아름답다. 우리는 그 사실을 기억한다. 이토록
불안하고 막막한 삶을 이어갈 수 있는 이유는 그뿐이
다. 일찍이 삶을 기록한 덕분에, 나는 내 마음속에 아름
다운 순간들을 지닐 수 있었다. 나는 언젠가 다시 마주
하게 될 그 순간을 기다리기 위해, 혹은 지나간 시간 속
에서 가만히 그러나 분명하게 반짝일 수 있도록 힘껏
품으며 살아가는지도 모른다.

에세이를
읽는
이유

에세이는 인생에 대한 일종의 사례집이자 질문입니다. 다시 말하면, 에세이는 작가가 글을 통해 우리에게 '나는 외로웠어요. 그리고 행복했어요. 당신은 어때요?'라고 묻는 방식입니다. 에세이를 읽는 동안, 우리는 작가에게 대답하는 시간을 갖게 됩니다. 그러다 보니 글이 아무리 쉽게 쓰여 있어도 페이지를 넘기는 일은 그리 쉽지 않습니다.

에세이를 읽는 일은 거울을 보는 것과 비슷합니다. 작가의 이야기를 펼치고, 그 옆에 나의 이야기를 나란히 놓습니다. 그리고 글에 비추어 나 자신을 돌아봅니다. 그 과정에서 우리는 묘한 위로를 얻습니다. '나만 힘든 게 아니구나'라든지 '나는 이런 고통을 겪지 않아서 다행이야'라든지 '이런 면에서는 내가 나은 점이 있네'라는 식으로 말입니다. 그리고 조금은 미안해지는 것입니다. 타인의 고통으로 내가 위로를 얻는다는 사실에 죄책감이 들기 때문입니다.

그러나 특히 나처럼 불안을 비싸게 주고 사는 사람에게는 타인의 사례가 절실합니다. 비교할 대상이 필요하다기보다는 오히려 '공동체 의식'에 가깝습니다. 나와 같은 사람이 나와 같은 환경에서 어떻게 헤쳐 나가고 있는가를 보고 듣게 됨으로써, 나는 닮고 닮은 외로움을 견디고 앞으로 나아갈 용기를 얻어왔습니다. 평범하지만 아름다운 사람들의 이야기 속에서 삶의 안식을 찾았던 것입니다.

오히려 타인의 이야기를 통해, 나는 나다운 사람이 되어가는 것 같습니다. 우리는 너무도 닮았고 또 너무나 다르기에. 함께이고 싶으면서도 혼자이고 싶기에. 서로를 사랑하면서도 동시에 증오하기에. 늘 갈구하면서도 정을 붙이기는 어려운 것이 삶이기에. 그렇기에 우리는 에세이를 읽는 것일지도 모르겠습니다.

이를테면,
사람이라든가

집에서 그리 멀지 않은 곳에 단골 빵집이 있다. 빵집에 가기 위해선 좁은 골목을 몇 번 지나야 했다. 동네 주민들도 우연히 발견할 만큼 작은 가게였다.

이 빵집에 자주 가는 이유는, 빵도 물론 훌륭하지만 무엇보다도 사장님 인심 때문이다. 언제나 이웃집 할머니 같은 푸근한 인상으로 손님을 맞아주었다. 늘 웃는 얼굴이었으며 말수가 많았다. 그분은 나를 만날 때마다 "아이고, 젊은이. 키가 아주 크시네. 키가 몇이신가요? 우리 딸들은 글쎄 키가 크다가 말았어. 자주 오시는 여자 손님 중에도 키 크신 분이 있어요. 그 손님은 모델이래요"라는 식으로 말문을 열었다.

문득 자신이 말이 너무 많다는 생각이 들면, 이런 이야기를 꺼냈다. "우리 빵집은 이렇게 호구조사를 해요. 우리 딸은 계산만 해주고 아무 소리도 하지 말라는데, 요즘 젊은 사람들은 그런 거 싫어한다고요. 그런데 나는 이렇게 잠깐이라도 얘기하는 게 좋아요." 그러면 나도 이런 대화가 좋다고 대답한다. 동네 가게 중에서도 사람 대 사람으로 말할 수 있는 곳은 많지 않다고 말이다.

나는 구수한 냄새를 맡고 후끈한 온기를 느끼며 빵을 고른다. 하나같이 투박하게 생긴 빵이었다. 캄파뉴, 통밀빵, 호밀빵……. 모두 소박하지만 건강해 보였다. 내가 빵을 골라 계산하고 돌아서려고 하면 사장님은 "아직 가지 말아요" 하고 나를 붙잡았다. 그리고 직접 구운 쿠키며 자투리 빵이며 작은 치아바타 같은 빵들을 챙겨줬다. 그러고는 더 주지 못해서 미안하다고, 우리 할머니나 할 법한 말을 했다.

"우리 딸은 자꾸 공짜로 주지 말라고 하는데, 나는 자식들 보는 것 같아서 안 챙겨줄 수가 없어요. 그리고 다른 빵도 먹어봐야 맛있는 줄 알잖아요. 우리 딸이 만든 치아바타가 정말 맛있거든. 건강한 재료로만 만들고. 처음

먹을 때는 모르지만, 자꾸 먹다 보면 너무너무 좋은 빵이라는 걸 알 거예요."

그러면 나는 연신 감사 인사를 드렸다. 이 빵집은 치아바타를 닮은 것이었다. 소박하지만 건강하고 한번 먹으면 자꾸 생각나는 치아바타. 그 맛은 내가 그동안 잊으며 살아왔던 것들을 떠오르게 만들었다. 이를테면, 사람이라든가 정이라든가 따뜻함 같은 것들이었다.

요즘은 사람 만나기가 어렵다. 그런 날이 계속되고 있다. 생각만큼 불편하지는 않지만, 그럼에도 조금씩 그리운 것들이 생기고 있다. 우리가 살아가는 데 무엇이 필요한가, 나는 다시금 생각해보고 있다.

음 악 이
없 는
카 페

조용한 카페를 찾았습니다. 인테리어도 깔끔하고 무엇보다 손님이 없었습니다. 두 남녀가 카페 바에 밝은 표정으로 서 있었습니다. 음료를 주문하려고 다가가니 안내 문구가 적혀 있습니다. "농인이 운영하는 카페입니다. 주문은 아래 태블릿에 필사해주세요." 나는 메뉴판을 보고 태블릿 위에 '유자 에이드 1'이라고 적었습니다. 그러자 여기서 마시고 가는지 묻습니다. 명확한 발음은 아니었지만 분명하게 알아들을 수 있었습니다. 나는 고개를 끄덕이고 계산을 마친 뒤 창가 자리에 앉았습니다.

이 카페에는 음악이 들리지 않습니다. 아무래도 음악이 나오지 않는다는 걸 모르거나 개의치 않는 모양입니다. 그 덕분에 나는 커피 머신을 닦는 소리, 냉장고 팬이 돌아가는 소리, 잔을 씻는 소리, 두 남녀가 손으로 대화하면서 스치는 소리나 손뼉 치는 소리를 들을 수 있었습니다. 나도 중간에 끼고 싶을 만큼 그들의 대화는 즐거워 보였습니다.

수어(手語)는 상대의 눈을 마주쳐야만 대화할 수 있다고 합니다. 그런 점에서 수어는 가장 인간적인 언어라는 생각입니다. 다 마신 컵을 가져다주면서, 오른손을 펴고 왼손 등 위에 대고 두 번 두드렸습니다. '고맙습니다'라는 수어입니다. 그분들도 활짝 웃으며 화답해주었습니다. 나는 이런 순간이 너무 좋습니다.

사람과 사람 사이에 벽이 허물어지는 순간이 있습니다. 그런 순간은 머리 위로 잎사귀가 떨어지듯 툭 하고 떨어집니다. 그때 우리는 커다란 기쁨을 느낍니다. 이런 날들이 종종 내게 떨어진다면 단조로운 일상도 견뎌낼 만하다는 생각입니다. 음악이 없는 조용한 카페도 흔쾌히 즐길 수 있을지도 모르겠습니다.

타인의
역할

아내와 농담처럼 주고받는 말이 있다. "나랑 만난 덕분에 당신이 지금처럼 잘 살고 있는 거야"라는 식의 이야기다. 그때마다 나는 "저를 만나주셔서 정말 감사합니다"라며 장난스럽게 대답하고는 하는데, 그 말이 사실이라는 걸 나는 잘 알고 있다. 아내를 만나지 못했더라면 지금쯤 신대방역 근처 어느 반지하 자취방에서 술에 취한 채 세상을 탓하며 나 자신을 혐오하며 구저분하게 살아가고 있을 것이다.

아내를 만난 뒤로 시작한 일들이 많다. 오래도록 미루어왔던 글을 썼다. 아내는 내가 쓴 글을 좋아했다. 그 덕분에 용기를 얻고 인터넷에도 올리기 시작했다. 더 많은 사람들을 만나고 싶어서 뉴스레터도 시작했다. 조금씩 자신감을 갖게 되면서 내친김에 팟캐스트도 시작했다. 그때 시작한 것들이 4년이 지난 지금까지도 계속 이어질 줄은 정말 몰랐다. 꾸준한 작업과 작은 성공들이 내 삶에 큰 자양분이 되었다.

그즈음에 책을 한 권 냈다. 멋진 사람으로 보이고 싶어서. 그게 얼마나 어려운지도 모르고 돌연 출간을 하겠다고 선언한 것이다. 막상 책 한 권 분량의 원고를 쓰고 표지와 내지를 디자인하고 인쇄를 맡기는 건 쉬운 일이 아니었다. 중간에 포기하고 싶을 때가 많았다. 그때마다 아내는 잔뜩 기대하는 눈빛으로 내게 언제쯤 책이 나오는지 물었다. 그러면 나는 하는 수 없이 포기하기를 포기하고 작업을 다시 이어 나갔다. 그렇게 멈추었다가 다시 달리고, 조금 걸었다가 다시 달리기를 반복하다 보니 결국 내 이름이 박힌 책이 나오게 되었다. 그게 나의 첫 여행 에세이집인 《조르바, 여행은 어땠어요?》였다. 내 손으로 썼지만 전적으로 아내의 힘으로 만들어진 책이다.

첫 책을 냈다는 성취감이 다음 책으로 자연스럽게 이끌었다. 나의 어린 시절과 가족의 이야기, 오랫동안 간직했던 기억과 감정을 담아《인생의 계절》을 냈다(이 책《이를테면, 사랑》은《인생의 계절》을 다시 손보고 다듬어서 새롭게 펴낸 것이다). 힘든 시기에 나를 살아가게 해준 것들에 대해 쓴《친애하는 아침에게》는 아이가 태어난 해에 냈다. 이 여정 속에서 아내는 나의 영감의 원천이자 든든한 후원자였다. 그녀의 믿음과 격려 덕분에 나는 끊임없이 도전할 수 있었고, 글을 통해 나를 표현할 수 있었다. 이제 나는 더 이상 혼자가 아니며 나를 지지해주는 소중한 사람이 있다는 것이 얼마나 큰 힘이 되는지 느꼈다.

늘 혼자이고 싶었던, 어느 누구와도 함께 살아가지 않겠노라 말하던 시절을 생각하면 조금 부끄럽다. 그때 당시의 나는 단지 상처 받지 않기 위해 전력으로 도망쳤을 뿐이다. 그걸 애써 멋져 보이도록, 어설프게 포장했었다. 그러나 내 주위에 둘러 세운 단단한 성벽을 허물고 타인이 내민 부드러운 손길을 마주 잡았을 때 삶에 대한 감각이 되살아났다.

아픔이 두려워 놓쳐버린 기쁨이 많다. 망망대해 속에서 튜브에 의지한 채 떠 있더라도 누군가와 함께 있다면 호기심도, 열정도, 절망도, 분노도, 상처도, 그리고 그 모든 걸 초월하는 사랑도 생겨난다. 비록 우리가 속한 바다는 끝이 없고 온 힘을 다해 헤엄치는 일이 기어코 소용없어진다 해도, 누군가와 함께 있다면 모든 순간이 어떤 의미를 갖게 된다. 더 이상 홀로가 아닌 함께의 길을 선택하려 한다. 삶은 여전히 불확실하고 때로는 힘들겠지만, 서로를 지지하며 나아가는 길에서 우리는 진정한 의미를 찾을 수 있을 것이다.

본문 인용

고수리,《우리는 이렇게 사랑하고야 만다》, 수오서재

김승옥,《무진기행》, 민음사

이슬아,《일간 이슬아 수필집》, 헤엄

우리를 살아가게 만드는 작은 조각들
이를테면, 사랑

초판 1쇄 발행 2024년 8월 10일

지은이. 윤성용
펴낸이. 김태연

펴낸곳. 멜라이트
출판등록. 제2022-000026호
이메일. mellite.pub@gmail.com
인스타그램. @mellite_pub
디자인. 강경신

ⓒ 윤성용, 2024

ISBN 979-11-988338-0-8 (03810)